MITZ

A sagui que não teve medo de Virginia Woolf

Direção Editorial: **Silvio Testa**

Coordenação Editorial: **Andressa Veronesi**
Revisão: **Laila Guilherme** e **Fabiana Medina**
Capa: **Fabiana Yoshikawa**
Ilustrações: **Talita Hoffmann**
Diagramação: **Estúdio Dito e Feito**

1ª Edição: 2025

Dados Internacionais de Catalogação na Publicação (CIP)
(Angélica Ilacqua CRB-8/7057)

Nunez, Sigrid.
Mitz : a sagui que não teve medo de Virginia Woolf / Sigrid Nunez ; tradução de Carla Fortino. — 1. ed. — São Paulo : Editora Instante, 2025.

ISBN 978-85-52994-28-2
Título original: Mitz: The Marmoset of Bloomsbury

1. Ficção norte-americana I. Título II. Fortino, Carla

CDD 813
25-2463 CDU 82-3(73)

Índices para catálogo sistemático:
1. Ficção norte-americana

Texto fixado conforme o Acordo Ortográfico da Língua Portuguesa de 1990, em vigor no Brasil a partir de 2009.

www.editorainstante.com.br
facebook.com/editorainstante
instagram.com/editorainstante

Mitz: a sagui que não teve medo de Virginia Woolf
é uma publicação da Editora Instante.

Este livro foi composto com as fontes Lane-Narrow e Arnhem e impresso sobre papel Pólen Natural 70g/m² em Edições Loyola.

FSC
MISTO
Papel | Apoiando o manejo florestal responsável
FSC® C008008

SIGRID NUNEZ

MITZ

A sagui que não teve medo de Virginia Woolf

ROMANCE

TRADUÇÃO
Carla Fortino

instante

“Naquela época, eu tinha uma sagui chamada
Mitz que me acompanhava em quase
todos os lugares, sentada no meu ombro
ou dentro do meu colete.”

Leonard Woolf, *Downhill All the Way*

Um

Era uma quinta-feira de julho. Naquela tarde, Leonard e Virginia Woolf foram de carro de Londres até Cambridge para visitar seus jovens amigos Barbara e Victor Rothschild. Os Rothschild haviam se casado no último mês de dezembro. Moravam em uma casa cinza grande e antiga chamada Merton Hall. Ao chegar, os Woolf encontraram Barbara esperando por eles do lado de fora. Sentava-se em uma cadeira sobre o gramado, um grande chapéu de palha sombreando seu belo rosto. Eles a conheciam desde que era bebê. Agora era ela que esperava um bebê.

Tomaram chá — apenas os três; Victor tirava um cochilo. Limonada fresca — com gim, se assim preferissem — e sanduíches recém-preparados. A sala estava repleta de flores em grandes vasos de alabastro. Uma abelha entrou e voou de vaso em vaso, de rosa vermelha em rosa amarela, zumbindo indecisamente. Barbara também estava indecisa. Que nome daria à criança se fosse menino? E como a chamaria se fosse menina? Ela e Victor viajariam em breve para o exterior — onde deveriam ficar? Então Victor se juntou a eles, corado e com os olhos brilhantes graças ao cochilo e ansioso para lhes mostrar o jardim. Virginia, muito exigente em relação a jardins, não gostou daquele ("grudento como uma torta de geleia... um jardim pretensioso e malcuidado", ridicularizou ela dois dias depois em seu diário).

Enquanto passeavam pelas passagens estreitas — Virginia com Victor; Barbara e Leonard atrás deles —, a tarde escurecia, transformando-se em noite. Fora um dia escaldante. Soprava uma brisa, agradavelmente úmida, e um rouxinol cantava. O sol, suspenso entre dois olmos escuros, tremulava como um gongo ao ser tocado. Teria sido uma pena entrar, por isso jantaram no gramado, com as sombras dominando e o céu se tornando cada vez mais diferente, com azuis mais profundos. Quando as primeiras estrelas apareceram, o rouxinol silenciou, como se tivesse sido para isso que cantara.

Foi um jantar suntuoso. Leonard comeu com prazer, elogiando o peixe, a carne e o vinho. Mas Virginia, embora admirasse a generosidade com que estavam sendo recebidos, comeu devagar, sem apetite. Isso não era algo incomum; ela muitas vezes precisava se forçar a comer. Quando, porém, Leonard elogiou o peixe, ela também o elogiou. Quando ele disse que sua carne estava bem-passada à perfeição, disse que a dela também estava. E, quando ele tomou um gole de vinho e o declarou excelente, ela concordou com a cabeça, embora ainda não tivesse bebido. Muito cuidado foi dedicado a agradá-los, e um cuidado assim deve ser agradecido.

Ainda que ela tenha participado da conversa e ouvido cada palavra, em momento algum Virginia deixou de notar o que acontecia a seu redor. Um escritor, disse o velho amigo de seu pai Henry James, deve ser alguém que percebe tudo. (Virginia seguia essa regra tão avidamente que às vezes Leonard, em público, precisava repreendê-la com o olhar.) As mudanças na luminosidade, nas cores do céu, o voo de uma andorinha e de um morcego, os momentos em que o rouxinol cantava e não cantava — nada disso passava despercebido por Virginia. Comiam a sobremesa — morangos e creme — quando ela notou algo do outro lado do gramado. Uma criatura indefinida, pequena e cinzenta. Mas qual? Virginia estreitou os olhos e tentou discerni-la. Um esquilo, pensou. Mas não: era do tamanho de um esquilo, mas não se movia como um. Aquela coisa se esgueirava, observou Virginia, algo que esquilos não fazem. Não, essa não era a corridinha rápida e saltitante do esquilo. Seria um rato?, perguntou-se, percebendo então, com um leve tremor, a cauda longa e fina. Novamente não. Essa não era a inconfundível silhueta curvada do rato. Poderia ser um gato, então? Um gato bem pequeno, um filhote? Virginia lembrou que mais cedo, enquanto tomavam chá, vira um gato e contara quatro gatinhos rolando pelo jardim. Mas nenhum deles, como recordou, era cinza.

Não era um gatinho. Era...

"Uma sagui."

Victor pronunciou as palavras assim que Virginia estava prestes a dizê-las. Entre os muitos animais de estimação que viveram em um momento ou outro na casa da sua infância em Kensington, houve um sagui. Mas fora há muito tempo, e Virginia quase se esquecera dele.

Victor então pegou seu prato e o pôs no chão. Estalou a língua. "Mitz!", chamou. "Aqui, Mitz! Venha, venha!" E Mitz veio — não saltitando pelo gramado, como se poderia esperar, mas lenta, hesitantemente, como um brinquedo puxado por uma corda.

"Temo que ela não seja muito saudável", disse Victor. "Acho que sofre de raquitismo."

Como era pequena! Um mero pedaço de macaco. Era possível equilibrá-la na palma da mão, como uma maçã peluda. A cabeça não era maior que uma noz, os olhos pareciam duas sementes pretas, e ela ostentava as menores narinas — meros furinhos de alfinete. Seu pelo era majoritariamente cinza —

cinza-esquilo —, mas tufos mais claros cresciam das laterais e da parte posterior da cabeça (algo bastante engraçado, deve-se dizer). Agarrando um morango com as duas patas, ela o enfiou inteiro na boca. Comeu rápido demais para apreciá-lo, com olhares rápidos à esquerda e à direita, como se temesse que outra criatura surgisse do gramado para arrancá-lo dela. Tinha creme espalhado por todo o rosto. Ainda mastigando, pegou outro morango e começou a enfiá-lo na boca. Enquanto os outros riam, Virginia desviava o olhar. Ela era pouco tolerante com a gula. ("Não gosto de voracidade quando se trata de mastigar e limpar o molho do prato", certa vez registrou em seu diário, furiosa com um convidado que recebera para o jantar.) Mas estava muito fascinada para desviar os olhos por muito tempo. Havia algo de humano, muito humano, naquele rostinho — Virginia sempre imaginara o rosto dos elfos semelhante a esse. O rosto, o corpo e a cauda élficos de um roedor: era essa combinação que fazia de Mitz uma maravilha. Olhava-se para ela e se pensava: Que grotesca. E no instante seguinte: Que adorável. Então, mais uma vez: Que grotesca.

"De onde ela veio?", perguntou Leonard.

"Da América do Sul, originalmente", disse Victor. "Eu a encontrei em uma loja de quinquilharias. Eu a comprei para Barbara." Ao ouvir isso, Barbara não disse nada, mas a maneira como revirou os olhos falou suficientemente alto. Virginia entendeu. Um macaco saudável já era um presente bastante estranho para uma mulher grávida. Um macaco *doente*, então...

"Uma coisa engraçada sobre essa espécie", disse Victor, talvez também se lembrando naquele momento da condição da esposa. "Os machos ajudam as fêmeas a dar à luz."

Virginia ficou de queixo caído. Uma imagem surpreendente surgiu em sua mente. "Como... o quê...?"

"Nós achamos melhor não saber", disse Barbara, revirando os olhos outra vez e delicadamente dando tapinhas em seu diafragma arredondado (o bebê nasceria em setembro).

Um serviçal chegou para tirar a mesa. Ao olhar de relance para Leonard, Virginia viu que ele franzia a testa e pensou saber exatamente quais eram seus pensamentos: Uma loja de quinquilharias! O que essa pobre criatura fazia em uma loja de quinquilharias? Victor estava certo: Mitz não era saudável. Aquela caminhada hesitante muito provavelmente significava raquitismo. Seus pelos não eram reluzentes como deveriam ser, aparentavam ser ásperos e ressecados, com alguns buracos cor-de-rosa onde feridas deviam ter cicatrizado. A pelagem ao redor do pescoço estava desgastada, e a pele, irritada. Ao que parecia, Mitz já fora acorrentada...

Morangos devorados, os últimos vestígios de creme lambidos, Mitz proferiu uma série de gritos — uma frase simiesca estridente e balbuciada que se enfatizou no final, como uma interrogação. Como ninguém conseguia traduzir, ninguém conseguia responder. Ela procurou os quatro rostos contra o céu escuro e, fosse lá o que procurasse, pareceu encontrar na longa, magra e ossuda face de Leonard. Pulou no colo dele.

"Você fez uma amiga", disse Barbara. E Victor completou: "Nunca a vi simpatizar tão rapidamente com alguém."

Virginia não ficou surpresa. Os Woolf (ou os Lobos, como eram mais conhecidos) estavam casados havia vinte e dois anos, e em vinte e dois anos Virginia teve várias oportunidades de testemunhar como os animais simpatizavam com o marido. Era um grande apreciador de animais, e, se tivesse encontrado um macaco doente definhando em uma loja de quinquilharias, tinha certeza de que ele o teria resgatado assim como Victor fez. Embora também tivesse certeza de que ele nunca teria tentado dá-lo de presente a alguém.

Mitz se empoleirou no joelho de Leonard, que, com a ponta de um dedo, esfregou o topo da cabeça dela em um movimento circular, de um jeito que ela parecia gostar. Os olhos da sagui se fecharam. Ela se envolveu com a cauda e adormeceu.

Serviram brandy. Leonard acendeu o cachimbo, e Victor, o charuto. A conversa foi retomada. E foi, naquela noite, na maior parte séria, encaminhando-se — como sem dúvida era o caso em muitas outras mesas de jantar — para o mesmo tópico. Três semanas antes, na Alemanha, centenas de pessoas haviam sido massacradas. Isso confirmara os piores medos de muitas pessoas sobre Hitler, que chegara ao poder no ano anterior. Naqueles dias a possibilidade de guerra ocupava a mente de todos. Para os Woolf, a de 1914 permanecia uma memória dura. Um dos irmãos de Leonard fora morto, e outro ficara gravemente ferido (no mesmo ataque, por acaso, e atingido pela mesma granada). Outra guerra como a de 1914, dizia Leonard, e a civilização seria destruída.

A brisa que os refrescou enquanto jantavam se intensificou. Barbara se aconchegou melhor em seu xale. Virginia pôs um cardigã sobre os ombros. Dentro da casa, as serviçais iam de quarto em quarto fechando as janelas, puxando as cortinas. Mitz batia os lábios durante o sono... sonhava com morangos e creme?

Leonard olhou para o relógio de pulso. "Meu Deus", disse. Já passava das dez. Os Woolf precisavam ir. Leonard se levantou, acordando Mitz, e, enquanto tentava colocá-la no chão, ela se agarrou à sua manga, à perna da calça, ao sapato.

"Acho que ela se apaixonou", disse Victor, e todos riram.

Antes de os Woolf dirigirem de volta para casa, foram levados para ver a biblioteca. Victor tinha uma boa coleção de livros, muitas edições raras, encadernadas com capas vermelhas. Os Woolf admiraram um volume de Wordsworth e uma primeira edição de *As viagens de Gulliver*. A maioria dos livros fora comprada recentemente — foi *O leitor comum* de Virginia que despertou nele o bibliófilo, disse Victor. Virginia mais uma vez mordeu a língua, guardando suas críticas para o diário: "Ah, mas não é assim que se lê... Muito fácil; sentado em um leilão da Sotheby's".

Virginia foi bocejando durante todo o trajeto para Londres. Eles, em geral, não ficavam fora até tão tarde. Ela e Leonard conversaram sobre a noite, zombando de seus amigos (o jardim, os livros), da maneira como tão frequentemente temem as pessoas ricas que, no caminho de volta para casa, farão as pessoas do meio literário para os quais ofereceram bebidas e refeições. Ainda assim, havia muito a invejar nos Rothschild. Não a riqueza, para os Woolf uma riqueza desdenhada, mas o futuro, o bebê que nasceria em setembro, a vida inteira pela frente. Em uma palavra: a juventude.

Vinte e dois anos antes, quando se casaram, Leonard e Virginia acharam que também teriam filhos.

Viajaram com a capota abaixada. A estrada estava vazia, os campos escuros. Era meia-noite do dia 19 de julho de 1934.

Dois

Os Woolf moravam no número 52 da Tavistock Square. A casa, lar deles havia dez anos, tinha quatro andares. Leonard e Virginia ocupavam o segundo e o terceiro; o térreo e o primeiro andar estavam alugados para a firma Dollmann & Pritchard, advogados. Virginia assumira o porão, antes uma velha sala de bilhar, como seu estúdio. Lá, em meio a uma desordem que nunca deixava de surpreender o marido, ela podia ser encontrada em uma manhã, afundada em uma grande e velha poltrona esfarrapada com uma tábua de madeira compensada apoiada nos joelhos, mergulhando a caneta no pote de tinta que havia colado à tábua, escrevendo.

Também era no porão que os Woolf tinham sua prensa tipográfica. A Hogarth Press, editora que fundaram em 1917 (tendo concordado que nada poderia ser mais divertido para um escritor do que publicar seus próprios livros), evoluiu ao longo dos anos para um negócio importante. O casal publicou alguns dos melhores escritores de sua época e também seus amigos (às vezes, mas nem sempre, as mesmas pessoas).

Os Woolf seguiam uma rotina que pouco variava. Todas as manhãs por volta das nove e meia, logo após o café da manhã (que Leonard sempre servia a Virginia na cama), iam para seus quartos separados para escrever. Escreviam das nove e meia até as treze. Passaram tantas manhãs de suas vidas dessa maneira que, em 1934, juntos já haviam escrito mais de vinte livros. Às treze, reuniam-se para almoçar. Às vezes havia um convidado. Podia ser a irmã de Virginia, Vanessa Bell, ou um dos filhos dela; ou um dos muitos amigos do casal: Maynard Keynes ou E. M. Forster, que era chamado de Morgan, ou Tom Eliot, ou Vita Sackville-West. Naqueles dias, recebiam com frequência (com muita frequência, reclamava Virginia) a loquaz Ethel Smyth, cujas visitas sempre a deixavam esgotada e rouca, em parte por precisar gritar na corneta acústica de Ethel.

Após o almoço, liam a correspondência e os jornais. As tardes em geral eram dedicadas a datilografar e revisar o trabalho da manhã ou cuidar de assuntos relacionados à editora. Quando o tempo estava bom (e muitas vezes mesmo quando não estava), Virginia gostava de incluir uma longa caminhada em sua agenda vespertina. Sair para andar era uma de suas paixões mais profundas. Ela a herdara, assim como a paixão pela literatura, de seu pai, Leslie Stephen, um famoso andarilho em sua época. Lembrava-se dele saindo de manhã cedo com sanduíches embrulhados e não voltando antes do entardecer. A própria Virginia gostava de andar por pelo menos uma ou duas horas. Para ela, uma caminhada, mesmo pelas ruas mais familiares, era uma aventura. Adorava observar as pessoas, olhar para seus rostos, imaginar a vida de cada uma e inventar histórias sobre elas. Às vezes, enquanto andava, entrava em uma espécie de transe — como muitas vezes fazia quando escrevia — e começava a falar em voz alta consigo mesma, assustando os transeuntes e fazendo-a rir de si mesma. Às vezes, enquanto andava, ela estava escrevendo: revisando frases que havia escrito naquela manhã, trabalhando em cenas em sua cabeça.

Leonard, que também gostava de uma boa caminhada, às vezes acompanhava Virginia e, em vários momentos do dia, levava a cocker spaniel Pinka para uma corrida na Tavistock Square. Estando lá com tanta frequência, conheceu o zelador da praça, uma espécie de mexeriqueiro da região de Bloomsbury, com quem Leonard soube muito a respeito dos vizinhos.

O chá era às dezesseis e trinta e o jantar às vinte horas, e novamente os Woolf muitas vezes tinham convidados para essas refeições.

O casal possuía um grande círculo de amigos e recebia muitos convites para sair. Ambos gostavam de ver pessoas e também de ir a concertos ou ao cinema de vez em quando, mas as noites tranquilas em casa eram o que mais apreciavam. Depois do jantar, Leonard podia enrolar alguns cigarros, e os dois ficavam sentados fumando, lendo ou ouvindo música no rádio ou no gramofone. Leonard e Virginia eram apaixonados por música. Amavam Beethoven. Amavam ópera.

Tinham uma empregada doméstica chamada Mabel Haskins. Mabel vinha todos os dias e fazia compras, cozinhava e arrumava a casa, e é claro que não poderiam ter vivido como viveram sem a ajuda dela, pois, se precisassem fazer compras, cozinhar e arrumar, quanto tempo sobraria para ler, escrever e publicar?

Os Woolf possuíam outra casa, na vila de Rodmell, Sussex, a cerca de duas horas de carro da Tavistock Square. Era a Monk's House, uma casa de campo do século XVII ao lado do cemitério local. Os cômodos da Monk's House eram muito pequenos, com teto baixo de madeira e piso de pedra. Havia uma cabana de jardim na propriedade na qual Virginia preferia trabalhar durante o clima mais quente ("minha casinha do banheiro", ela a chamava). Os Woolf iam para Rodmell desde 1919, e os anos trouxeram muitas mudanças. Ali chegaram encanamento, eletricidade e refrigeração. É desnecessário dizer que essas conveniências modernas tornaram o dia a dia muito mais confortável, e os Woolf eram gratos a elas. Mas os anos trouxeram outras mudanças nem tão bem-vindas. A cada ano, essa parte do interior da Inglaterra recebia um pouco mais de construções, e pouco antes uma fábrica de cimento fora erguida bem no meio do que tinha sido uma bela vista. Muitas árvores já haviam sido vítimas da fumaça, e o barulho e o cheiro eram muitas vezes intoleráveis. Também às vezes intoleráveis — ao menos para Virginia — eram as crianças clamorosas, os sinos da igreja e os cães de Rodmell.

Os Woolf iam para Rodmell o ano todo, em fins de semana, feriados e férias curtas, e passavam a maior parte de todos os verões lá. Na Monk's House, levantavam-se à mesma hora e seguiam a mesma rotina de Londres. Ali havia um jardim, ao qual Leonard era dedicado, e um gramado verde exuberante para jogar bocha. Havia ameixeiras, pereiras e macieiras. Eram acres e acres de colinas e prados para perambulações. Tais caminhadas estimulavam Virginia de maneira diferente daquelas de seus passeios pela cidade. Em vez de olhar para as pessoas e inventar histórias sobre elas, poderia percorrer quilômetros sem ver ninguém, a não ser um pastor. Uma lebre olhando fixamente para seus pés. Deitava em um milharal e observava biguás. Espionava um arminho, um texugo ou uma raposa, ou um martim-pescador voando sobre o rio Ouse. (Uma vez, caminhando sobre as colinas, ela e Leonard viram um "grande macaco-verde-amarelado" que pertencia a um circo e havia escapado do tratador.)

No campo, os Woolf eram ajudados por outra funcionária, Louie Everest, e por um jardineiro, Percy Bartholomew. Havia menos obrigações sociais e menos convidados (na verdade, havia espaço para apenas um convidado na Monk's House), e Pinka corria livremente.

Mais ou menos uma semana depois de terem visitado Merton Hall, Leonard recebeu uma carta de Victor. Os Rothschild estavam prestes a viajar; permaneceriam no exterior por várias semanas e não sabiam o que fazer com Mitz. Lembrando-se de como Mitz e Leonard haviam se dado bem, Victor se perguntou se ele estaria disposto a cuidar dela até que retornassem.

"Mas e a Pinka?", perguntou Virginia.

Ao som de seu nome, Pinka, deitada no chão, levantou os olhos sem erguer a cabeça e abanou a cauda curta.

Afinal, spaniels eram cães de caça. E se Pinka achasse que Mitz era uma presa, como as lebres que ela não podia evitar de perseguir (e, infelizmente, às vezes capturar) em Rodmell? Como dizer a Victor, quando retornasse, que Mitz havia sido morta? (Leonard pensou, com toda a honestidade, que tal notícia não seria recebida com lágrimas.)

Mas Leonard tinha certeza, como disse a Virginia, que, se os dois animais fossem apresentados um ao outro adequadamente, dentro de casa, Pinka seria capaz de fazer a distinção entre animal de estimação e presa, e ela não seria o primeiro cachorro a fazê-lo. Quando jovem, Leonard trabalhou como funcionário do governo britânico no Ceilão, onde muitas vezes via cães convivendo amigavelmente com cabras, coelhos e galinhas.

"O mais importante é dar-lhes tempo, deixar que se conheçam em seu próprio ritmo, sem forçá-las a ficar juntas."

E seguiu para a Estação King's Cross, onde havia combinado de pegar Mitz.

Ao voltar para a Tavistock Square, antes de entrar em casa, Leonard tirou Mitz da caixa em que a carregava e a enfiou em seu colete. Virginia não estava; os Woolf se preparavam para a mudança de verão para Rodmell no dia seguinte, e tinha uma série de tarefas para realizar antes de partirem. Leonard foi para a sala de estar, direto para sua cadeira habitual. Sentou, pegou o *Times* e começou a ler.

Era a hora mais quente de um dia abafado, e Pinka estava deitada no chão, arquejando e cochilando. Mitz ficou onde estava, a cabeça para fora do colete de Leonard. Tremia.

Leonard podia sentir a pequena vibração contra o peito e lhe ocorreu que, por mais quente que estivesse, para Mitz, nascida nos trópicos, a Inglaterra sempre seria fria.

Meia hora se passou. Mitz não sabia de Pinka. Pinka não sabia de Mitz. Então a cadela decidiu que era hora de uma caminhada. Levantou, bocejou, sacudiu-se e se espreguiçou até a cadeira de Leonard.

Leonard dobrou o jornal e o colocou ao lado. Pela primeira vez, os animais se viram.

O quê? Pinka latiu, dando dois passos para trás. Moveu a cabeça de um lado para o outro — e os mesmos pensamentos que passaram pela mente de Virginia uma semana antes no jardim de Merton Hall passavam então pela de Pinka: Era um esquilo? Um rato?

Em um momento desses, qualquer cachorro fará apenas uma coisa: dará uma boa e longa fungada. Pinka ergueu-se nas patas traseiras e posicionou as dianteiras nos joelhos de Leonard. Ele podia sentir Mitz se encolher contra suas costelas enquanto a grande cara peluda se aproximava. Mas manteve-se perfeitamente parado, indiferente: todo homem não tinha a cabeça de um sagui crescendo em seu peito?

Mitz também ficou parada, sem tirar os olhos da coisa preta redonda, molhada e fungadora que vinha em sua direção. E, quando a coisa preta redonda, molhada e fungadora chegou perto, ela atacou.

Pinka recuou. Não foi uma mordida forte. Foi uma mordida fraca de dentes minúsculos e não machucou Pinka. Apesar de tudo, *foi* uma mordida e devia ser protestada. Pinka jogou a cabeça para trás e uivou. E, sem se preocupar, deixando o jornal de lado, Leonard disse: "Vamos dar um passeio? Sim, claro. Vamos todos juntos".

Uma vez lá fora, distraída com os cheiros da Tavistock Square, Pinka esqueceu Mitz. Enquanto Pinka disparava pelos canteiros de flores, Leonard apresentou Mitz ao zelador da praça, e naquela noite Bloomsbury inteiro soube de sua nova e pequena moradora.

Também naquela noite Virginia descobriu como é desconcertante jantar diante de um marido que tem a cabeça de um macaco crescendo em seu peito. Talvez estivesse ainda mais desconcertada com a expressão no rosto de Mitz.

"Que coisinha mais triste! Parece que acabou de perder o melhor amigo. Como se tivesse o peso do mundo em seus ombros."

Somente depois do jantar Leonard arriscou colocar Mitz no chão da sala de estar. No início ela ficou parada, encurvada como uma bola, e permitiu que Pinka a cheirasse. Mas, quando Pinka abriu a boca e tentou pegar a bola, levou outra mordida — na língua, dessa vez —, e essa doeu.

Os protestos de Pinka sacudiram a casa e enviaram Mitz correndo para debaixo de uma cadeira. Leonard chamou Pinka e a confortou com uma boa coçada nas orelhas. Enquanto isso, pediu a Virginia para descer ao porão e pegar uma grande e velha gaiola de vime que estava lá quando se mudaram e nunca conseguiram jogar fora. Virginia trouxe a gaiola e a colocou sobre uma pequena mesa ao lado da cadeira de Leonard. Pegou a cesta de costura de Mabel e dela tirou vários grandes retalhos de seda. Espalhou-os no fundo da gaiola.

Naquele momento, Leonard havia convencido Mitz a sair de debaixo da cadeira e tentava alimentá-la, como fizera, sem sucesso, várias vezes mais cedo durante o dia. Para seu alívio, ela finalmente aceitou um pouco de biscoito e casca de laranja. Ao terminar a refeição, Leonard a colocou na gaiola; após uma inspeção meticulosa nas instalações e um rearranjo dos retalhos de seda, se enrolou como uma bola apertada e adormeceu.

E assim seria. Durante o dia, Mitz e Leonard eram inseparáveis. Ficava enfiada em seu colete ou empoleirada em seu ombro, a longa cauda pendurada como uma trança em suas costas ou enrolada em seu pescoço. Mas todas as noites, ao pôr do sol, ela ia para a gaiola, onde permanecia até a manhã seguinte. A porta da gaiola era sempre mantida aberta, e era fácil para Mitz chegar até ela, pulando do chão para a cadeira e depois para a mesa. Dessa forma, poderia se afastar de Pinka sempre que quisesse. Mas em poucos dias Mitz se acostumou com Pinka e nunca mais achou necessário mordê-la.

Quanto a Pinka, ela conhecia o cheiro e os dentinhos de Mitz — e o que mais havia para conhecer? Ela entendeu, assim como Leonard havia dito que entenderia, que Mitz não era um esquilo nem um coelho a ser perseguido. Mas também que não era alguém para correr atrás e derrubar, como os cães que encontrava todos os dias na praça. De fato, Mitz, pouco maior que uma das patas peludas de Pinka, era muito pequena para brincar. Sendo esse o caso, a cadela rapidamente perdeu o interesse por ela.

"Você acha que Pinka gosta de Mitz?", perguntou Virginia a Leonard.

"Sim, acho."

"Como pode saber?"

"Bem, observe: sempre que Pinka fica um tempo sem ver Mitz e volta a avistá-la, ela abana o rabo."

Virginia observou, e era assim.

Três

Com Mitz sob seus cuidados, Leonard descobriu que sua saúde estava pior do que imaginava. Ela ainda mancava quando se movia rapidamente. As articulações estavam inchadas. Os olhos e o pelo sem brilho. Tinha caspa e eczema. (Pinka também já tivera eczema, e Leonard reconheceu as manchas rosa escamosas.) E só então ele descobriu um machucado feio sob o queixo de Mitz, provavelmente causado pela mesma corrente que arrancara o pelo de seu pescoço. Leonard lavava a ferida com sabão e água quente três vezes ao dia. O eczema, tratou esfregando algodão embebido em azeite. Falta de vitamina D era a causa do raquitismo, e Leonard conhecia a cura. Levava Mitz para passear todos os dias, deixando-a tomar sol em seu ombro, e todos os dias ele a alimentava com uma colher de óleo de fígado de bacalhau e um pouco de manteiga.

Os Woolf estavam então em Rodmell, mas de vez em quando um ou ambos precisavam retornar a Londres para algum compromisso. Na primeira dessas viagens, Leonard foi ao Zoológico de Londres. Como muitas pessoas, tinha sentimentos contraditórios sobre zoológicos. Por um lado, não gostava de ver nenhum bicho forçado a passar a vida atrás das grades. Por outro, era fascinado por animais e seus comportamentos, não se cansava de observá-los. Leonard viajara muito na vida e, em muitas cidades que visitou, foi ao zoológico. Acreditava que se poderia dizer bastante sobre o povo de uma cidade a partir de seu zoológico. No londrino, via um "microcosmo de Londres": limpo, adequado, ordenado, onde "até os leões, como regra, se comportam como se tivessem nascido em South Kensington".

Naquele dia, foi direto para o pavilhão dos macacos e procurou o zelador, um homem nos mesmos moldes do zelador da praça: um sujeito simples e direto que adorava conversar.

"Correntes de ar!", disse o zelador do zoológico, movendo o indicador. "É com isso que se deve tomar cuidado." Clima úmido e frio (o clima de Londres!) poderia ser a morte para um macaco. Macacos muito pequenos (e os saguis estavam entre os menores macacos do mundo) não eram tão resistentes, e todos eles eram sensíveis a correntes de ar. Os saguis pegavam resfriado facilmente e eram vulneráveis à pneumonia e à tuberculose. Seus nervos não eram fortes. Eram conhecidos por caírem mortos das árvores ao ver os olhos de um leopardo brilhando no escuro.

De acordo com o homem, Mitz veio de algum lugar da costa do Brasil. Os nativos pegavam saguis na selva e os vendiam por uma ninharia para marinheiros, que, por sua vez, esperavam vendê-los por bem mais quando voltassem para casa. Muitos dos macacos têm raquitismo por serem mantidos no escuro por meses, primeiro nos porões dos navios e depois em armazéns. O zelador do zoológico suspeitava que provavelmente metade deles havia morrido no caminho, alguns literalmente de medo. "E metade dos que sobrevivem tem pneumonia e não vive muito." Recomendou uma dieta de frutas e vegetais, crus e cozidos, ovos cozidos e fígado. E alertou Leonard para ir com calma com o leite. Em excesso pode causar diarreia. "Muita banana também não é bom."

Leonard, na verdade, havia descoberto uma coisa estranha sobre Mitz: embora ela adorasse todas as outras frutas, não comia banana. Ao lhe oferecer um pedaço, ou ela o ignorava, ou, mais estranho ainda, colocava a fruta na boca e a cuspia vigorosamente.

O zelador disse que nunca tinha ouvido falar de um macaco que não gostasse de banana. "Ela vai comer insetos quando os pegar", disse. "Ah, você não verá mais muitas aranhas na sua casa. E não se assuste se a vir um dia mastigando um camundongo." O homem disse que tinha visto saguis agarrar pardais no ar e devorá-los.

"Boa sorte — e lembre-se de não se apegar muito a ela e de não sofrer se a perder. Aqui, nunca conseguimos manter um vivo por mais de quatro anos. Eles não combinam com a Inglaterra, você sabe. O clima não é para eles. O verão é uma coisa, mas quando o inverno chega..." E balançou a cabeça.

A primeira coisa que Leonard fez quando voltou para Rodmell foi afastar a gaiola de Mitz da janela. Então cozinhou um ovo e ofereceu, com algumas fatias de maçã, para ela almoçar. Como sempre, ficava fascinado em ver Mitz comer. O funcionamento rápido de sua boca e de suas mandíbulas era quase como o de algo mecânico. Assim como Virginia, achava a gula de Mitz um pouco perturbadora. Nem mesmo quem a alimentava era confiável. Ela pegava a comida e se afastava rapidamente, olhando para ele por cima do ombro, como se tivesse medo de que pegasse a comida de volta. Isso trouxe a Leonard uma memória do Ceilão, algo de partir o coração. Certa vez, deu um pão a um jovem pedinte e ele correu para um beco e o devorou, lançando olhares temerosos assim por cima do ombro.

"O que eu quero saber", disse Virginia, "é se os machos realmente ajudam as fêmeas a dar à luz." Era verdade — Leonard se lembrou de perguntar ao zelador do zoológico. Após a mãe dar à luz — quase sempre gêmeos e às vezes trigêmeos —, o pai os tirava dela e os lavava. Então, enquanto os filhotes cresciam, era o pai que os carregava, nos ombros ou nas costas, devolvendo-os à mãe apenas na hora da alimentação.

"Isso, sim, é avançado", disse Virginia. "Outros macacos fazem isso?" Parecia que não. E eis outra coisa interessante sobre Mitz: diferentemente de outros macacos, que tinham unhas nas mãos e nos pés como as pessoas, Mitz tinha garras, como Pinka, em todos os dedos, exceto nos dedões dos pés. Em seus dedões, estranhamente, tinha unhas. Também era diferente de outros macacos do Novo Mundo na medida em que não possuía uma cauda preênsil. Ainda que fosse comprida, era inútil para pendurar-se.

No entanto, podia subir em árvores, como habilmente demonstrava no jardim da Monk's House.

Os Woolf ficaram felizes em saber que Mitz não tinha medo de andar de carro. No trajeto para Rodmell, ela foi o tempo todo montada no ombro de Leonard — ela parecia gostar, particularmente quando a capota do conversível Lanchester do casal era rebaixada. Mas na Monk's House tinha o mau hábito de escapar para o jardim e subir em árvores até o galho mais alto, e eles então perdiam um bom tempo para fazê-la descer. Quando chamar e estalar a língua não funcionavam, Leonard recorria à tentação. Colocava um pouco de mel ou pudim de tapioca (seus alimentos favoritos) na tampa de uma lata e a posicionava no fundo de uma rede de borboletas. Encostava uma escada na árvore e subia, segurando a comida para Mitz. Ela descia para pegar e ficava presa na rede.

Por mais vezes que Leonard tivesse executado esse truque com Mitz, ela nunca pareceu sentir rancor dele.

Mas havia outros momentos em que nem mesmo a tentação funcionava. Por meia hora ou mais, Leonard ficava na escada, olhando para cima, através das folhas, para Mitz, que o mirava admirada, como se não pudesse imaginar o que seu homem estava fazendo lá embaixo acenando com aquela rede idiota.

Em um domingo à noite, quando os Woolf se preparavam para retornar a Londres, Mitz escapou de casa e correu imediatamente para a tília que ficava perto do portão. Enquanto Leonard foi buscar um pouco de mel e a rede de borboletas, Virginia voltou para casa a fim de escrever uma carta para a irmã. Ela já havia escrito quatro folhas, e Mitz ainda não tinha descido da árvore. Com a paciência no fim, Leonard teve uma ideia genial.

"Virginia!", chamou, descendo a escada.

"Sim, Mangusto?" (Mangusto era o apelido que Virginia dera a Leonard.)

"Você poderia vir aqui por um momento, por favor?"

Virginia largou a caneta e saiu para o jardim.

"Venha aqui", disse Leonard. E Virginia foi para debaixo da árvore ao lado dele. "Mais perto", disse. Ela se aproximou.

Mitz era então uma criatura ciumenta e, sempre que Leonard demonstrava afeto pela esposa em sua presença, ela pulava em seu ombro e protestava em seu estilo staccato agudo. Ao ver Virginia se mover tão perto de Leonard, Mitz desceu alguns galhos.

Ao ver Leonard abraçar Virginia, desceu um pouco mais.

Ao ver Leonard acariciar o rosto de Virginia, gritou e pulou no ombro de Leonard.

Diferentemente do truque do mel na rede de borboletas, esse funcionava todas as vezes.

Quatro

Uma tarde, Virginia e Pinka caminharam até Charleston, chegando a tempo para o chá. Charleston, o retiro rural de Vanessa, que ela dividia com seu companheiro, Duncan Grant, ficava a pouco mais de seis quilômetros da Monk's House. Em Londres, eles moravam na Fitzroy Street, não muito longe da Tavistock Square. Virginia e Vanessa eram tão próximas quanto duas irmãs podem ser. Vanessa era a mais velha, com diferença de três anos para Virginia. Todos a chamavam de Nessa, mas para Virginia ela também era Golfinho, e para Vanessa Virginia geralmente era Cabra (apelidos de infância).

Não havia outra casa como Charleston na Inglaterra. Vanessa e Duncan a haviam concebido, decorando cada centímetro — das paredes aos peitoris das janelas — com as próprias mãos. Virginia nunca deixou de ser arrebatada por tal profusão de padrões e cores, e, sempre ao voltar de Charleston, sua casa lhe parecia simples e maçante demais.

Mas também era assim que ela parecia a si mesma: simples e maçante demais ao lado de Vanessa — uma deusa aos olhos de Virginia, uma madona radiante, uma mulher completa, impossível de não invejar. Vanessa tinha aquilo que as pessoas insistiam em não ser possível ter: sua arte e seus filhos.

No chá, discutiram as mesmas coisas que sempre discutiam: as pinturas de Vanessa, os escritos de Virginia, família, amigos.

"E como está a sagui?", perguntou Vanessa.

"Muito bem, obrigada", respondeu Virginia. "Ela estava mal quando a pegamos, mas Leonard fez um trabalho maravilhoso, e está muito bem agora."

"Bem, isso não me surpreende", disse Vanessa, sorrateiramente. "Ele tem muita experiência com... macacos!"

Ao ouvir isso, Virginia começou a rir. A xícara e o pires fizeram barulho como se fossem dentaduras batendo, fazendo-a rir ainda mais. "Com macacos nervosos... f-frágeis... s-sensíveis... você quis dizer!" Virginia engasgou, cuspindo chá a cada palavra.

E as irmãs riram muito.

Quando criança, Virginia era chamada de Macaca pela família. Para a irmã, ela não era apenas Cabra, mas também Singe, macaco em francês, e para o marido ela era Mandril. (Mandril é um babuíno grande e feroz.) Para a amiga íntima Vita Sackville-West, era Poto, e poto é um pequeno primata, uma espécie de lêmure — não de cauda anelada, como pensa um dos biógrafos de Virginia —, e, embora não seja um macaco, o lêmure é um parente próximo dele.

Sim, Leonard era um excelente cuidador, e quem saberia disso melhor que Virginia? Ele não a tinha visto sofrer inúmeros ataques de enxaqueca e gripe (aos quais ela era excepcionalmente suscetível), bem como problemas mais sérios? A vida toda Virginia foi atormentada por doenças. Médicos diferentes deram opiniões diferentes. Um disse que era seu coração, outro que eram seus pulmões, um terceiro pensava que o problema devia ser psicológico. Febres, tremores, insônia, desmaios, taquicardias, terríveis dores de cabeça, perda de apetite — em relação aos sintomas, pelo menos, todos concordavam. Em um verão interminável, ela estava deitada na cama, tão doente como sempre ficava, e ouviu pássaros cantando em grego e o rei Edward VII balbuciando obscenidades. (Anos depois, quando Vita estava escrevendo um livro sobre Joana d'Arc, Virginia diria: "A propósito, eu poderia lhe contar tudo sobre as Vozes que ela ouvia".) Uma mente frágil em um corpo frágil, assim era Virginia. Foi por esse motivo que os Woolf decidiram não ter filhos. Como não havia diagnóstico definitivo, não havia cura. Em vários momentos, foi tratada com láudano e barbital, germes de influenza, leite e digitális. Mas a experiência mostrou que a melhor coisa para a saúde da Virginia era o cuidado amoroso e paciente de Leonard.

Sob o mesmo cuidado, Mitz melhorava. A ferida no pescoço estava quase curada. O eczema desaparecia. Os olhos brilhavam como botões de vidro; o pelo tinha viço. O inchaço nas articulações havia sumido. Assim como o olhar de dor perpétua. Mitz então se parecia como os macacos deveriam se parecer: animada, esperta, curiosa. O andar claudicante se fora. Movimentava-se com facilidade. Tinha energia. Tinha coragem.

"Victor ficará feliz", disse Virginia. No dia anterior, haviam recebido uma carta escrita por ele: os Rothschild estariam de volta à Inglaterra em uma semana.

Leonard havia previsto que Pinka não faria mal a Mitz. E poderia ter ido mais longe e previsto que as duas se tornariam amigas. Mas ele não teria ido tão longe a ponto de prever o que de fato aconteceu: Mitz se apegou demais a Pinka.

Pinka (também chamada de Pinker) tinha oito anos — o auge da vida de um cachorro, e, como muitos humanos que já passaram seu auge, estava acima do peso e sua visão falhava. Ela fora um presente de Vita, cujo spaniel, Pippin, tivera uma ninhada. Os Woolf ficaram encantados. "Um anjo de luz", Virginia a chamou. "Leonard diz seriamente que ela o faz acreditar em Deus, e isso depois de ter molhado o chão oito vezes em um dia." (Virginia era propensa a exageros.)

Ao longo dos anos, Leonard cuidou de vários problemas de Pinka: eczema, vermes, piolhos, calor, maternidade, reumatismo e uma pata machucada.

E como alguém retribuiria tal presente? Em se tratando de Virginia Woolf, poderia ser com um livro: *Orlando*, romance inspirado em Vita e sobre Vita e dedicado a ela ("a mais longa e encantadora carta de amor da literatura", o filho de Vita, Nigel Nicolson, o chamou).

Assim como Vita foi o modelo para Orlando, Pinka também foi o modelo para Flush. *Flush*, a biografia do cocker spaniel de Elizabeth Barrett Browning, foi o último livro de Virginia. Em uma carta para Frederick B. Adams, um norte-americano que lhe escrevera para perguntar sobre o manuscrito original, o qual ele estava pensando em adquirir, Virginia explicou que teve a ideia de escrever a vida de Flush enquanto lia as cartas de Elizabeth Barrett e Robert Browning. "Mas, de fato, pouquíssimo se sabe sobre ele, e precisei inventar uma boa parte." Virginia considerava inspirações as biografias escritas por seu querido velho amigo Lytton Strachey, infelizmente falecido àquela época. *Eminent Victorians* [Vitorianos eminentes] e *Rainha Vitória* (dedicado à Virginia) eram os modelos que ela alegava ter em mente quando se dedicou a escrever *Flush*.

O livro começou como um descanso — algo para esfriar o cérebro que havia fervilhado e borbulhado durante o trabalho febril de conclusão de *As ondas*. Mas os deuses da literatura punem os escritores que começam a escrever com esse espírito. Embora no início ela o tenha levado de maneira leve, chamando-o de brincadeira, de *jeu d'esprit*, ele logo se transformou naquilo que toda escrita de livros sempre se transforma: trabalho, trabalho, trabalho. E logo ela estava lamentando que a escrita e a reescrita eram intermináveis, que a pesquisa era tediosa, que todo o negócio era monótono e lento e como ansiava apenas por largar aquilo — até não ser uma surpresa encontrá-la se referindo a ele em seu diário como "aquele abominável cachorro Flush".

E, quando finalmente concluiu o texto, veio outra provação: a espera ansiosa para ver o que aconteceria com ele. Virginia nunca permitiu que ninguém lesse um livro seu antes que estivesse pronto. Então, estranhos o fariam. Os críticos o atacariam. Haveria avaliações. Como sempre, Virginia se preparou. Leonard, como sempre, segurou a mão dela. A própria Virginia já havia menosprezado *Flush* como "uma piada", "um desperdício", "um tédio" — "bobo", "tolo", "sem inteligência" e "muito longo" —, mas, ah, isso significava que ela estava satisfeita por Rebecca West concordar, em uma resenha no *Daily Telegraph*, sugerindo que era uma piada que nunca deveria ter saído da sala onde foi concebido? West não estava sozinha em suas críticas. (Outro resenhista chorou lágrimas de crocodilo: como escritora séria, a sra. Woolf estava agora morta.) Mas no mundo literário Virginia tinha muitos amigos e admiradores, e esses amigos e admiradores elogiaram profundamente o livro. (Por que a crítica era, ela se perguntava, sempre "mera adoração ou mero insulto"?) Embora *Flush* pudesse ser uma piada, foi uma piada que vendeu, como ela sabia que seria. A The Book Society o escolheu como o Livro do Mês. Ha-ha! O American Book-of-the-Month Club também o queria.

Virginia Woolf era uma mentirosa, declarou Dame Rebecca West na televisão cinco décadas depois: Ela disse que tenho braços peludos, e não tenho braços peludos.

Depois de tudo, o sr. Adams decidiu não adquirir o manuscrito de *Flush*.

Mitz ficava sentada por horas mexendo nos pelos ondulados e macios de Pinka, separando-os com suas garras, procurando por pulgas. Quando encontrava uma, a enfiava na boca. Era um serviço pelo qual Pinka, sem dúvida, ficava grata, e os Woolf também deveriam ficar. No entanto, era uma visão desconcertante na sala de estar, e demorou um tempo para se acostumarem a ela. Esse comportamento é chamado de catagem e é um sinal de afeto. (E se houvesse algum mistério sobre quem Mitz mais amava: ela dedicava a maior parte do seu tempo à catagem nos próprios pelos.)

Todas as manhãs, quando Leonard descia as escadas, Mitz pulava em seu ombro e limpava o sono de seus olhos. À noite, quando ele se acomodava para ler, ela sentava em seu ombro ou no encosto da cadeira e mexia em seu cabelo, assim como no pelo de Pinka. Virginia fazia o possível para ignorá-los, mas não conseguia deixar de se alarmar quando Mitz encontrava alguma coisa e a examinava por um longo momento de suspense antes de levá-la à boca. Leonard não precisa mais se preocupar com caspa, anunciou ela a amigos surpresos.

Outra coisa com que levou algum tempo para se acostumar foi o barulho de Mitz. Virginia era uma pessoa assustadiça — pouco menos assustadiça que a própria Mitz —, facilmente sobressaltada por qualquer barulho alto ou movimento repentino, e o guincho de Mitz (muitas vezes o resultado de *seu* sobressalto) fez Virginia jogar a caneta no ar mais de uma vez. Mas ela gostava de Mitz — Zet, ou Zed, como às vezes se referia a ela. Zet molhava seu braço ou deixava uma mancha em seu mata-borrão. Virginia suportava bem tais aborrecimentos. Uma vez, quando a sobrinha de Leonard, Philippa, visitava Monk's House e Leonard não estava em casa, Mitz pulou na cabeça de Virginia e ficou irremediavelmente embaraçada em seu cabelo. Ela não conseguia se libertar e, quanto mais Virginia e Philippa puxavam, mais a sagui afundava suas garras. Enfim Virginia e Philippa desistiram, sentaram para conversar e esperar que Leonard viesse em socorro, o que ele fez em mais ou menos meia hora.

De vez em quando Virginia desafiava a rival, aconchegando-se a Leonard exatamente para provocar uma explosão de raiva. Quando Mitz ficava realmente irritada, seus tufos brancos se erguiam como um cocar; ela balançava para a frente e para trás, batendo os lábios e mostrando a língua para Virginia da maneira mais obscena. E Virginia inventou um jogo para brincar com ela — um tipo de esconde-esconde. Enquanto Leonard estava sentado lendo com Mitz no ombro, Virginia ficava na frente da cadeira dele e dançava de um lado para o outro, agitando Mitz, que pulava para a frente e para trás de um ombro para o outro — até que, por fim, Leonard perdia a paciência e gritava: *Ah, senhoras, por favor!*

Mas as pulgas não eram a única maravilha do pelo de Pinka. Lembre-se: Mitz não suportava o frio. Não demorou muito para encontrar o lugar mais quente da casa. Em noites mais frias e úmidas — e há muitas noites frias e úmidas em um verão inglês —, os Woolf acendiam a lareira. Virginia sentava em sua cadeira, lendo ou talvez escrevendo em seu diário, e Leonard se acomodava na dele, também lendo ou escrevendo. E no tapete em frente ao fogo Pinka dormia, com Mitz aninhada nela. Às vezes, as duas juntas se enrolavam em uma cadeira ou na cesta de Pinka.

E assim estavam os quatro em seus respectivos lugares naquela noite em Monk's House (mais uma Monkey's House [Casa da Macaca], provocava Vanessa) quando o telefone tocou e Leonard atendeu. "Victor! Bem, como você está? Como foi a viagem?" Depois disso, ficou em silêncio por um longo tempo, ouvindo a resposta de Victor, que foi compreensivelmente longa, pois havia sido uma longa viagem. Virginia escrevia em seu diário. (Virginia acreditava que o dia em que não escrevia em seu diário era um dia desperdiçado; uma coisa não era real, acreditava, a menos que a tivesse anotado.)

"Espero que entenda... mais feliz aqui... tornou-se extremamente afeiçoada... responsabilidade..."

Embora Virginia não estivesse ouvindo o que dizia, o significado das palavras de Leonard era compreensível.

"Então", disse ela, enquanto ele desligava o telefone. "Victor está bravo?"

"De jeito nenhum, de jeito nenhum." Leonard apertou as mãos na nuca e se inclinou para trás com ar satisfeito. Era exatamente o que suspeitara: Victor estava aliviado.

Cinco

Em outubro, os Woolf retornaram a Londres sob forte pesar. O amigo Roger Fry falecera em setembro. Eles haviam atingido a idade em que a morte de amigos deveria ser algo esperado. Parecia que fora ontem — e não mais de dois anos antes — que tinham perdido Lytton.

Virginia admirara Roger, como crítico e como pintor — o mais inteligente de seus amigos, ela dizia. Vinte anos antes, Roger e Vanessa haviam sido amantes. Permaneceram próximos até a morte dele, e agora boa parte do sofrimento de Virginia era por ver como Vanessa sofria. Sabia que Roger esperava que um dia ela escrevesse sua biografia, e um dia ela o faria; mas por enquanto tudo o que podia fazer era lamentar.

No resto do mundo, também havia um amplo motivo para consternação. Na Alemanha, os nazistas vinham ganhando cada vez mais força e rapidamente acumulando material bélico. Estava havendo demonstrações de poder na Itália. Em uma visita de Estado à França, o rei da Iugoslávia fora morto, assim como o ministro das Relações Exteriores francês, por um nacionalista croata. Estava começando a parecer que apenas um milagre poderia manter a paz.

Os Woolf fizeram o que sempre faziam diante do desespero: dedicaram-se ao trabalho. Leonard ficou ainda mais ocupado com as atividades políticas às quais dedicou grande parte da vida, servindo em comitês, fazendo discursos, escrevendo textos jornalísticos — e era ele quem realizava a maior parte do trabalho da editora. Começou a escrever um livro, um ataque ao nazismo e ao fascismo, que seria intitulado *Quack, Quack!*.

Virginia também escrevia um livro, um novo romance para o qual ainda não havia escolhido título.

Àquela época, havia publicado dez livros de ficção, incluindo as obras-primas *Ao farol* e *As ondas*. Sua reputação era sólida. Em nossos dias, o eminente crítico Harold Bloom encontraria um lugar para ela no cânone, entre D. H. Lawrence e James Joyce (sobre os quais a própria Virginia tinha suas desconfianças). A canonização não a teria surpreendido; ela sabia que seu trabalho persistiria. (O ponto alto daquele outono foi um encontro com Yeats na casa de Lady Ottoline Morrell — e não é que o grande homem havia elogiado *As ondas*?) Mas: a foto dela na lateral de um ônibus circulando pela Quinta Avenida em Manhattan? O que Virginia teria pensado disso — ela que se recusara a posar para um retrato para a National Portrait Gallery, em Londres? Que um ou outro de seus livros pudesse ter virado filme —, isso não a teria surpreendido; era algo que já ocorria com os livros naquela época. Mas: ela e seus amigos — Vita e Ottoline e Tom e Lytton e Carrington — representados no palco e na tela? Uma coleção de moda de outono dos anos 1990 inspirada em um filme sobre Carrington — ternos de tweed, casacos de veludo e chapéus de penas de galo os quais Carrington não teria usado nem morta, mas que poderiam muito bem ter sido usados por Vita, Ottoline ou Lady Colefax? O que Virginia Woolf teria dito a respeito disso tudo?

Da época de que falamos, no entanto, não era uma homenagem que estava na mente da Virginia: era hostilidade. Lá estava ela, em um novo livro de Wyndham Lewis, sendo severamente repreendida. Um capítulo inteiro para dizer que sua obra não tinha significado algum. Lá estava Bloomsbury sendo ridicularizado e insultado — não pela primeira ou última vez. Mas *dessa* vez ela revidaria, se defenderia. Publicaria uma carta…

Não, ela não publicaria. Não pela primeira ou última vez, Leonard a impediu. Ela não deve se deixar ser provocada, ele disse. Deixar-se arrastar para a controvérsia pública só pioraria as coisas. Bem, então o que deveria fazer em relação a tal insulto? Não dar atenção, continuar com seu trabalho. E, se não pudesse trabalhar, como seria? Se tais ataques a perturbassem de tal maneira que não conseguisse escrever — como seria, Mangusto, como seria? Então ela deveria ler até conseguir escrever novamente; era para isso que os livros serviam.

Eles discutiram isso, marido e mulher, escritor e escritora, enquanto caminhavam pela Serpentine Gallery e pelos Kensington Gardens. (De vez em quando, vinha à tona uma interrupção familiar: "Desculpe, senhor, mas você poderia me dizer, por gentileza, que animal é esse?".) Esse era o jeito deles: sempre que Virginia sentia aquilo que eles chamavam de "um espinho", ela e Leonard conversavam e tentavam retirar esse espinho. Mas naquele dia ela precisou de mais ajuda do que o normal. Afinal, estava repleta de espinhos. Temia ter estragado a vida de Leonard, com suas doenças e toda a necessidade de cuidados. Ela fizera a vida dele, disse ele. Mas, sem ela, ele poderia ter feito mais — viajado mais, escrito mais, conquistado mais na política. Ela não o impediu de fazer nada importante, disse ele.

"Ah, que pobre coitada!"

"Ela não é pobre e não é coitada." As reações das pessoas a Mitz muitas vezes irritavam Leonard.

"É um rato, senhor?"

"Mas por que você acha que eu estaria andando pelos Kensington Gardens com um rato no ombro?"

Sem Leonard, acreditava Virginia, ela seria "uma velha escritora chata, sensível e arruinada". Ele era o melhor e mais sábio dos maridos ("e eu o tenho todos os dias"). Uma vez, ele defendeu uma prostituta que estava sendo intimidada por um policial. Era um homem que curava animais doentes, cultivava dálias e escrevia livros sobre os maiores valentões do mundo. Seu Mangusto.

(A história sobre a prostituta se espalhara pela cidade, pois a esposa de Maynard Keynes, a bailarina Lydia Lopokova, estava de passagem e presenciara o episódio. Parece que naquela noite os Woolf tinham ido a uma festa à fantasia para a qual todos os convidados deveriam ir vestidos como personagens de Lewis Carroll. Estavam voltando para casa quando depararam com o policial intimidando a prostituta. Enfiando-se entre eles, Leonard tomou o lado da mulher — e daí se ele estivesse usando um avental verde e carregando ferramentas de carpinteiro? A Lebre de Março ficou parada ali, tocando nervosamente as orelhas com as patas.)

Ah, ele não era perfeito, é claro — Virginia não estava dizendo que Leonard era perfeito. Ele poderia ser bastante irascível. Mabel não fora até ela em lágrimas certo dia? Ah, a maneira como o sr. Woolf falou com ela! Era um problema constante. Ele era mau com os empregados. Isso deixava Virginia muito irritada. É o seu maldito complexo de inferioridade, ela não se importava em dizer a ele. Leonard não fora criado com empregados, como ela. Ele não se sentia confortável com eles e descontava neles. Com os empregados, era rude, desconfiado e tirânico. O mais sábio e justo dos homens — porém não com Mabel. Com Mabel, um valentão. Aquilo era estranho, era triste. Outras pessoas também notavam, e Virginia sentia-se envergonhada por ele. Não, Leonard Woolf não era santo. Mas houve momentos, e não foram raros, em que pareceu a Virginia que ela era a esposa mais sortuda da Inglaterra e que duas pessoas não poderiam ter sido mais felizes.

Além disso, também havia coisas que Leonard odiava nela.

Era uma esnobe, ele não se importava em lhe dizer. Ora, ela acreditava nas virtudes da aristocracia, era o que isso significava para ele. Mas, quando pediam a ela para dizer quais eram essas virtudes, ficava tão impotente quanto Tom Eliot quando lhe era pedido (como muitas vezes lhe fora pedido por Virginia, que gostava de provocá-lo sobre sua religião) para definir Deus. Virginia tagarelava algo sobre terra antiga e sangue antigo e séculos de criação e tradição. Mas podia dizer de que maneira a aristocracia era ou havia sido uma força para a justiça social ou o bem? Não, isso ela não podia. A maneira como exaltava o sangue azul fazia o sangue *dele* ferver. A maneira como se deixava ser perseguida e capturada por Sibyl Colefax, jantado solenemente em sua casa solene com Noël Coward (que a adorava, derretia-se Sibyl) e depois incessantemente se queixado do exibicionismo de Sibyl e dela zombado sem parar — isso era insuportável.

Foi o esnobismo que fizera Virginia se apaixonar por Vita, acreditava Leonard. As esmeraldas e as pérolas, os castelos e os jardins, a casa ancestral com trezentos e sessenta e cinco cômodos e o exército de serviçais para cumprir suas ordens — sem tudo isso, Vita nunca teria seduzido sua esposa, acreditava Leonard. "Pernas que são como faias", de fato!

Então os Woolf tinham suas diferenças; sempre haveria coisas que lamentariam um no outro, coisas que nunca entenderiam. Sobre o casamento deles, contudo, Leonard concordava com Virginia: ele não conhecia duas pessoas que fossem mais felizes juntas.

"Olha, Enfermeira! Aquele homem tem um morcego no ombro!"

De braços dados nos Kensington Gardens, com o vento soprando, as folhas se espalhando e Pinka atacando os patos. Sim, este era o jeito deles: caminhar e conversar, até que todos os espinhos fossem extirpados. Depois para casa. Sem convidados para o jantar; sem festa para ir. Seria uma de suas abençoadas noites tranquilas sozinhos. Frango assado e torta de maçã. Mais conversas... planos... sonhos. Eles deveriam começar a economizar para uma grande viagem — ah, para ir a algum lugar longe e muito estranho, como Índia, China ou América. Depois do jantar, Leonard enrolaria cigarros para eles. Ela leria seu Shakespeare, e ele seu Spengler. Os animais se aconchegariam em frente à lareira...

"Com licença, senhor, mas por que sua cachorra não come esse animal?"

"E por que ela deveria?"

Seis

"Você não acha que Mitz se importa com o fato de ter chegado tão longe no mundo?", perguntou Virginia. Ela pensava na própria habitação humilde quando comparada a Merton Hall. Os Woolf conheciam muitas pessoas além dos Rothschild que viviam luxuosamente. Certa vez, ao voltar para casa do Castelo de Sissinghurst, de Vita, Virginia se declarou "nitidamente envergonhada da minha origem de classe média". Na verdade, os Woolf preferiam sua casa de campo a qualquer castelo. E castelos sendo lugares repletos de correntes de ar, e correntes de ar sendo o que Mitz deveria evitar acima de tudo, é improvável que ela teria sido feliz em um. Além disso, a própria Mitz tinha origem humilde. Entre os calitriquídeos, ela pertencia aos saguis comuns. Os calitriquídeos têm seu aristocrata: o mico-leão-dourado — uma criatura brilhante que de fato se assemelha a um leão em miniatura, com uma pelagem sedosa e brilhante e uma juba como fios de cobre polido. Foi uma dessas maravilhas o primeiro sagui a ser visto na Europa. Foi em meados do século XVIII. Ele acabou, apropriadamente, na corte de Luís XV, onde passou grande parte do tempo aninhado no colo da Madame de Pompadour.

Um macaco precisa de exercício físico, do contrário desenvolverá artrite. Embora ainda seja encontrada com mais frequência no ombro de Leonard, dentro de casa Mitz ficava livre para vagar. Isso *não* era isento de perigo: ela poderia facilmente ser pisoteada. Na verdade, parecia estar sempre sob os pés, e era impossível *não* pisar nela de vez em quando. E essa não era a única dificuldade. Por semanas após a chegada de Mitz, Mabel encontrava "o maior susto da minha vida" três vezes ao dia.

Crash!

"Eu não pude evitar, sra. Woolf. Abri o armário e ela pulou em cima de mim... quase como se tivesse feito de propósito."

Foi Mabel quem testemunhou a previsão do zelador do zoológico e um dia encontrou Mitz mastigando um camundongo. Os Woolf a encontraram apoiando-se na vassoura, pálida e gaguejante. *O maior susto da minha vida... a cabeça inteira arrancada com a boca... pingando sangue... ainda vivo... e a pequena cauda tremulando...* Os Woolf foram poupados da horrível visão: Mitz fugira do alvoroço para terminar o camundongo em paz.

"Você quer dizer que nunca viu um gato pegar um rato?"

Esse era Leonard, muito frio e deliberado: um promotor interrogando uma testemunha.

"Claro que vi, senhor."

"E você prosseguiu dessa maneira absurda... você berrou como uma mulher louca?"

"Não é a mesma coisa, senhor."

"É."

"Ah, não é."

"Certamente é. Se você refletir apenas por um segundo..."

Então Virginia, temendo que a próxima a ser arrancada fosse a cabeça de Mabel, sugeriu que ela seguisse em frente e continuasse a varrer.

"Mulher estúpida", murmurou Leonard enquanto voltava para seu quarto.

"Bruto", murmurou Virginia pelas costas dele.

Estava claro que Leonard não toleraria nenhum melindre em relação a Mitz.

"Sinto muito", disse uma contadora que haviam contratado recentemente para a editora. "Mas tenho dificuldade em me concentrar com aquele animal correndo solto."

"Ah, que pena", disseram-lhe. "Bem quando achamos que daria certo você trabalhar conosco."

No campo, onde as coisas sempre eram mais calmas, Louie também estava mais calma, acostumando-se a Mitz mais rapidamente do que Mabel. Um dia, ao encontrar Mitz na cozinha mastigando um lagarto, teve o bom senso de se ocupar em outro cômodo por um tempo.

É possível ensinar um macaco a fazer muitas coisas, mas infelizmente não é a coisa mais desejável. Leonard sabia disso e nem tentou. Viver com Mitz significava limpar constantemente a casa após a passagem dela — não havia nada mais a fazer. Virginia aceitou isso com naturalidade, mas as empregadas reclamavam de lama nos pisos recém-lavados ou em lugares ainda mais inapropriados. "Não me culpe", resmungava Mabel, "se um dia ela for parar no picadinho."

Percy, o jardineiro, adorava Mitz e adquiriu o hábito de, enquanto trabalhava, encher os bolsos com vermes e lesmas para alimentá-la mais tarde. Leonard fazia o mesmo, e eis a fonte daquele boato generalizado de que Woolf certa vez chegou a um almoço do Partido Trabalhista de Rodmell repleto de insetos (ele esquecera que ainda estava com eles).

Entre os amigos e parentes dos Woolf, Mitz era mais tolerada que amada. "Feia", "horrível", "medonha", assim era chamada. Muita graça era feita com os retalhos da velha capa de chuva que Leonard tentou costurar nas mangas de algumas de suas jaquetas, para impermeabilização. Houve uma piada de que logo veriam Mitz esculpida nos arbustos da Monk's House (a topiaria era um dos hobbies de Leonard). Antes de os Woolf se casarem, Vanessa disse a Leonard que ele era o único homem que ela poderia imaginar como marido de sua irmã (isso apesar da descrição que Lytton Strachey fez dele como uma pessoa capaz de assassinar a esposa). Mas, com o tempo, ela o defendeu cada vez menos. Golfinho e Mangusto irritavam um ao outro, como cunhados o fazem. E Mitz não colaborava em nada. Vanessa estava contando com uma morte precoce — a sagui dos dias de Kensington havia sobrevivido por pouco tempo —, mas: "aquela macaquinha horrível... ainda se desenvolve, sem importar quanto Leonard pise nela".

O filho de Vanessa, Quentin, detestava tanto Mitz que, sessenta anos depois, se lembraria dela com crueldade semelhante: "Sempre se esperava por uma geada severa que acabasse com Mitz, mas Leonard se esforçava imensamente para mantê-la bem agasalhada em um lugar aconchegante".

Ethel Smyth foi visitar Virginia logo após a chegada de Mitz. Virginia havia contado a ela sobre a sagui, mas Ethel tinha esquecido (era velha) ou talvez não tivesse ouvido (era surda). Ethel estava sentada no sofá, conversando. Trazia consigo sua corneta acústica, embora não precisasse dela no momento, pois falava sem parar sobre si mesma, como de costume, e toda a escuta, como de costume, ficava a cargo da anfitriã. Foi a corneta acústica que atraiu Mitz, que já havia visto muitos humanos, mas nunca um com chifre. Enquanto Ethel estava desabafando — um maestro a desprezara, um crítico não reconhecera seu gênio —, Mitz sentou furtivamente no sofá ao lado dela. Por duas vezes Virginia tentou alertá-la, mas Ethel não fora interrompida. Então, indo afastar de seu braço o que pensara ser uma mosca (Mitz havia descansado uma pata ali), Ethel gritou. Mitz gritou de volta (*justamente* na corneta) e correu para debaixo do sofá. Ethel levantou os pés. Após tombar para o lado, lutou para recuperar o equilíbrio e a dignidade, movendo furiosamente as pernas curtas.

Virginia riu. Ela tentou evitar, é claro, mas foi inútil. A cada vez que começava a se desculpar, ela engasgava. Quando finalmente se controlou, era tarde demais.

E naquele dia Mitz conseguiu o que Virginia nunca conseguira: que "a perua velha" parasse de falar e fosse embora.

Depois disso, Ethel só colocaria os pés na casa se Mitz estivesse trancada no banheiro.

Tom Eliot, o sujeito mais fastidioso, um convidado frequente dos Woolf naqueles dias, aceitava Mitz de maneira surpreendente. Sempre foi atencioso com ela e nem se importou quando ela desamarrou seus cadarços debaixo da mesa de jantar. Certa vez, quando ele passava o fim de semana na Monk's House, foi acariciá-la e ela o mordeu, mas, em vez de ficar com raiva, exclamou: "Como poderei segurar a pequena sagui se você devorar primeiro uma das minhas mãos e depois a outra!" (Richardson. A palavra "sagui", neste caso, é usada para se referir a uma mulher, não ao animal.)*

Depois que Tom levou a amiga Emily Hale para conhecer os Woolf, ela descreveu Mitz sentada no ombro de Leonard "espiando, primeiro de um lado, depois do outro", e como achou sua "cauda longa [,] que pende do pescoço de seu tutor como uma trança curta, um pouco confusa no início".

O fato de que, de todos os seus amigos, Mitz parecia gostar mais de Sibyl Colefax não deveria ter irritado Virginia, mas a irritou. Quando Mitz pulava na cara lapela de tweed de Sibyl, Virginia desejava perversamente o impronunciável. Sibyl, embora não retribuísse o afeto de Mitz, era indulgente, sacudindo o colar de pérolas e deixando-a pegá-lo (Mitz adorava pérolas — e como ela poderia saber, como Virginia

---

* Sigrid Nunez faz referência a uma das acepções da palavra *marmoset* (sagui, em português) registradas no hoje pouco conhecido e raramente consultado *A New Dictionary of the English Language* (1836-1837), de Charles Richardson. Esse dicionário, um dos primeiros do idioma inglês com enfoque etimológico, destaca-se pelo grande número de citações e por incluir uma seção dedicada a nomes próprios, especialmente geográficos e históricos. [N.T.]

sabia, graças a Vita, que aquelas eram falsas?). Mitz também adorava Vita, subindo e descendo aquelas famosas pernas — realmente como faias agora que Vita (como Virginia observou com uma pontada) havia ganhado corpo.

A presença de Ottoline Morrell sempre agitava Mitz. (Mitz era uma esnobe? Ela parecia ter demonstrado certa preferência por senhoras de alta posição social.) Talvez tenha sido o cabelo da mesma cor do pelo de Pinka, as penas de avestruz ou as pérolas em abundância; talvez tenham sido seus arrulhos — ou talvez Mitz tenha sentido o coração generoso que estava sob aqueles brocados chamativos. Como ninguém, Ottoline se preocupava com Mitz, suspirando "Ah, querida coisinha, querida coisinha doce", enquanto Leonard se continha, juntando as mãos atrás das costas. (Algumas pessoas astutas sugeriam que os tufos brancos desgrenhados de Mitz podem ter lembrado Ott de sua antiga paixão, Bertie Russell.)

"Eu nunca conseguiria observar demoradamente um macaco", escreveu Congreve, "sem tecer reflexões muito mortificantes." Virginia observava demoradamente Mitz com bastante frequência. Questionava-se a respeito de Mitz assim como se questionara a respeito dos gatos e cachorros que conhecera a vida toda. Como era ser um animal? Como parecia o mundo pelos olhos de um cachorro? O que os gatos achavam de nós? Sem tais questionamentos, é improvável que Virginia tivesse escrito *Flush*. Era então a cabeça do tamanho de uma noz de Mitz que ela desejava decifrar. Saguis sonhavam? Lembravam-se? Arrependiam-se? O que os saguis queriam?

Virginia ficou contente quando Mitz se acostumou com ela o suficiente para deixá-la aproximar o rosto até o seu e fixar seus olhos nos dela. Virginia também gostava de fixar seus olhos nos de Pinka, mas não se pode encarar um cachorro da maneira como se pode encarar um gato ou, como ela descobriu, um sagui. (Em outras épocas, um nome diferente para sagui era gato egípcio.) Quando Virginia encarava profundamente e sem piscar os olhos de Mitz, Mitz retribuía. Às vezes, depois de um minuto ou mais, ela avançava e mordia a ponta do nariz de Virginia, assim como um gato às vezes faz. ("Gatos e macacos, macacos e gatos — toda a vida humana está ali." Henry James *alguma vez* errou?)

Os olhos de Pinka eram a imagem perfeita da confiança — e nunca tanto como quando os levantava para você. Mas Virginia nunca tinha visto tal expressão nos olhos de Mitz; neles havia sempre um brilho de suspeita, uma sombra de dúvida. Virginia observava também que, ao contrário de Pinka, Mitz nunca estava totalmente relaxada; mesmo dormindo, permanecia tensa, enrolada formando aquela bolinha apertada. Quando Virginia brincava sobre quanto ela e Mitz tinham em comum, estava certa. Duas fêmeas nervosas, delicadas e cautelosas, uma tão implacavelmente curiosa quanto a outra. Ambas apaixonadas por Leonard — para elas, ele era sua rocha, seu "centro inviolável". Ambas travessas. Ambas com garras.

Ao observá-la com Pinka, Virginia se perguntava como Mitz se comportaria com a própria espécie. Teria dado tudo para poder observar Mitz em seu hábitat.

"Mangusto, o que aconteceria se Mitz fosse devolvida à natureza?"

"Ela ficaria apavorada. Jamais sobreviveria."

Então: ela jamais poderia voltar para casa. Ela queria voltar? Era por isso que estava sempre tentando sair correndo pela porta — estava tentando encontrar o caminho de casa?

América do Sul. Virginia estivera lá em sua imaginação; ambientara parte de seu primeiro romance na América do Sul, embora não soubesse quase nada sobre o lugar. Ela já se sentira inclinada a descrever Vanessa como "uma floresta sul-americana, com onças dormindo sob as árvores". Um dos presentes mais adoráveis que recebeu foi uma caixa de vidro emoldurada com borboletas sul-americanas, de sua admiradora argentina Victoria Ocampo. ("Reconhece alguém?", indagou Virginia, levantando Mitz até onde o objeto estava pendurado na parede.)

O tempo se passou, e até Mabel por fim se acostumou com Mitz. "É como se sempre a tivéssemos, não é?", disse ela um dia. E era assim mesmo.

Embora continuasse a cuidar dela, atendendo escrupulosamente todas as suas pequenas necessidades, e embora também gostasse de observá-la, Leonard nunca se entregou a especulações sobre a vida interior de Mitz. Não era o costume dele. Mas, para Virginia, esse hábito de ficar pensando e "inventar" era tão natural quanto respirar.

Sentada em seu quarto iluminado pelo sol, vê uma sombra pré-histórica se movendo na parede — uma besta poderosa, um símio-dinossauro se aproximando dela. Então, leve como uma mariposa, Mitz pousa em sua mesa — o "ágil sagui" de Shakespeare. Virginia empurra o nariz até a face cinza, nua e plana. "Como lhe pareço, Mitz: feia, horrível, medonha? E por que você odeia banana?"

Mas apenas pense, disse Virginia: Mitz já tinha visto mais do mundo e sobrevivido a mais aventuras do que a maioria das pessoas durante a vida. Nascida em um dos grandes paraísos da Terra, foi capturada e levada de navio através do Atlântico e do Tâmisa até o porto de Londres. Presa em uma loja de quinquilharias, fora resgatada, como em um conto de fadas, da morte quase certa pelo jovem mais rico da Inglaterra. Vivendo em meio ao luxo, mas ainda definhando, foi resgatada mais uma vez e trazida para Bloomsbury, o coração (Virginia não corava para chamá-lo assim) da Grã-Bretanha literária, artística e intelectual.

Então por que não escreve a biografia dela?, perguntou Vanessa, não sem acidez. Mas é claro que o que Virginia realmente queria era que a própria Mitz a escrevesse.

The Pargiters [Os Pargiter] foi o primeiro título de Virginia para seu romance em andamento, mas a essa época ela o chamava de *Here and Now* [Aqui e agora]. Ela diria que nenhum outro livro seu lhe dera mais prazer e entusiasmo para escrever do que esse — e também que nenhum outro lhe dera mais angústia. Também tinha planos para outras obras: a biografia de Roger Fry, uma sequência de *Um teto todo seu* e uma coleção de ensaios sobre ficção (o único desses que ela não terminaria). Outros escritores se preocupavam em ficar sem ideias, mas Virginia sabia que nunca viveria o suficiente para escrever todos os livros que trazia nela.

Normalmente, escrevia ficção pela manhã e não ficção depois do almoço. (Leonard afirmava que podia dizer se ela estivera escrevendo ficção ou não ficção por quão corada estava ao sair de seu estúdio.) Também era crítica literária e resenhava livros — e como, a propósito, julgava a si mesma nesse papel... ela que era tão sensível a críticas? Não era dura o suficiente, ao que parece. Educada demais. (Ah.)

Em *Flush*, Virginia descreve um animal de estimação intrigado com a atividade da mão movendo perpetuamente um bastão preto sobre uma página branca. Mitz e Pinka também ficavam confusas com essa atividade à qual Leonard e Virginia dedicavam tanto tempo. Os dois sons mais ouvidos naquela casa eram: o arranhão da caneta no papel e o farfalhar das páginas sendo viradas. Para Pinka e Mitz, esses eram sons tranquilizadores, significando que tudo estava bem, assim como os aromas fracamente argilosos de livros e tinta, também reconfortantes e familiares.

Tanto a casa da Tavistock Square quanto a Monk's House estavam abarrotadas de livros. Os convidados iam e vinham, ora trazendo, ora levando livros. Entendido: para Leonard, Virginia e seus amigos, os livros eram uma espécie de alimento. Mas não era estranho não haver brincadeiras? Nada de buscar a bolinha, nada de brincar de assustar? Não corra! Não suba! Não cave! E havia ainda outros mistérios. Por que era necessário o toque de um sino para que os Woolf soubessem que alguém estava à porta? Por que perguntavam *Quem será?* quando obviamente era Ottoline, cheirando a perfume e pug? Eles perguntavam a Mabel o que havia para o almoço... como se nunca tivessem sentido cheiro de linguiça e ovos antes!

Primeiro as folhas se foram das árvores, depois se foram do chão. Era inverno, úmido e cinza; era Natal, e estavam de volta a Rodmell; era 1935.

O ano começou com uma apresentação. Virginia havia escrito uma peça, *Freshwater* [Água doce], uma comédia sobre sua tia-avó Julia Margaret Cameron. Na noite de 18 de janeiro, cerca de oitenta pessoas se reuniram no estúdio de Vanessa, na Fitzroy Street, para assistir à peça. Virginia não se esqueceu de escrever um papel para Mitz. E, quando Leonard (como o sr. Cameron) disse sua fala "[*olhando para a sagui*] 'A vida é um sonho'", e o irmão de Virginia, Adrian (como Tennyson), respondeu "Um sonho um tanto úmido, Charles", Mitz arrancou aplausos da plateia ao encharcar a manga de Leonard bem na deixa.

Leonard terminou *Quack, Quack!* no final de fevereiro. Virginia ainda estava lutando com *Here and Now*. E Leonard assistiu a essa luta contra a ansiedade. Ficou alarmado ao ver Virginia, chegando para almoçar depois do trabalho matinal, vermelha como beterraba e quase cambaleando, uma das mãos na cabeça latejante e a outra no coração loucamente acelerado. Em algumas manhãs, ele não a deixava trabalhar; servia o café da manhã na cama e insistia para que permanecesse deitada. Ninguém sabia melhor do que ele como ela levava a sério sua escrita, mas não podia adoecer por causa disso. E ele ficava doente só de observá-la.

Eles precisavam de férias. E, quando os narcisos e os jacintos começaram a florescer, começaram a fazer planos.

Vanessa foi morar em Roma por seis meses. Os Woolf iriam visitá-la. Seguiriam de carro por Holanda, Alemanha, Áustria, atravessariam o Passo de Brennero e chegariam à Itália...

Mas espere. Alemanha? Isso era prudente? De todos os lados, os Woolf ouviam que não era. Mas eles não seriam intimidados. Viajariam para onde quisessem, e, além disso, Leonard desejava ver por si mesmo qual era a situação política na Alemanha. Virginia fazia piadas sobre maneiras de disfarçar o nariz dele. Leonard procurou o conselho de um conhecido do Ministério das Relações Exteriores, que o alertou para evitar qualquer tipo de comício ou desfile político. Um encontro foi marcado com o príncipe Bismarck, o conselheiro da Embaixada da Alemanha.

O príncipe Bismarck agiu com gentileza reconfortante. Má ideia visitar a Alemanha? Alemanha insegura para um judeu inglês e sua esposa? Nada disso era verdade. Contudo, no caso de haver o tipo de problema que assegurou a Leonard que não poderia ocorrer, o príncipe lhe deu uma carta oficial informando a quem pudesse interessar que o sr. e a sra. Woolf deveriam ser tratados com todo o respeito etc. e receber todo tipo de assistência etc., caso acontecesse etc. etc. etc.

Em primeiro de maio, Leonard, Virginia e Mitz partiram. Pinka, infelizmente, ficou em Rodmell com Percy. Enquanto empilhavam a bagagem no banco de trás, os Woolf estavam repletos do bom humor que sempre experimentavam no início de uma jornada. Não se importavam nem mesmo de perder o Jubileu (o vigésimo quinto aniversário da ascensão ao trono de George V) para o qual Londres inteira estava decorada e enfeitada.

Mitz sentou em seu lugar habitual, no ombro de Leonard. Mas, uma vez que estavam a caminho, ela frequentemente se empoleirava no volante, entre as mãos dele.

"Está tudo bem, garota, eles vão voltar", disse Percy quando Pinka, tendo revistado todos os cômodos pela centésima vez, implorou com olhos eloquentes: Onde está todo mundo?

Sete

A Holanda — o mais pitoresco dos países, com seus campos de tulipas, moinhos de vento, canais e belas casas antigas — encantou os Woolf. Os dias estavam em sua maioria quentes, o céu, azul, e foram a quase todos os lugares com a capota do carro abaixada. A limpeza e o conforto dos estabelecimentos holandeses, a grande variedade de boas lojas, as multidões de ciclistas, os Rembrandt e os Vermeer, a conformidade e a cortesia holandesas: essas eram algumas das coisas das quais os Woolf se lembrariam.

Na Holanda, Mitz atraiu ainda mais atenção do que em casa. "Somos recebidos em todos os lugares como estrelas de cinema", escreveu Virginia para a irmã; "uma multidão de vinte pessoas se forma ao redor do carro quando paramos. Todas as crianças vêm correndo; as senhoras idosas são chamadas... tal é o amor de todos pelos Macacos."

Depois de oito dias, cruzaram a fronteira, em Roermond, para...

Outro mundo.

Um retrato de Hitler na alfândega; um funcionário insultando um camponês por não tirar o boné diante do retrato.

Estavam a caminho de Colônia quando viram o primeiro cartaz: JUDEUS, DEIXEM A ALEMANHA.

"Onde está todo mundo?", perguntou-se Virginia em voz alta.

Leonard se perguntava o mesmo. Haviam passado por Colônia e seguiam em direção a Bonn. A estrada estava suspeitamente vazia. E, ao se aproximarem de Bonn, viram algo ainda mais suspeito: soldados armados alinhados em ambos os lados da estrada. O que isso poderia significar?

Leonard tocou o bolso e encontrou a carta do príncipe Bismarck. Fez isso furtivamente; não queria que Virginia soubesse quão ansioso estava. *Mitz* sabia: ela podia dizer pela rigidez no pescoço de Leonard. O que estava acontecendo? Ah, ali estava um policial que poderia explicar. Mas o policial não teve tempo para explicar, apenas para dar ordens, e gritou: Parem! Retornem! A estrada estava fechada! "*Der Herr Präsident kommt!*" [O senhor presidente está chegando!]

A agitação do policial enervou Leonard, que virou o carro imediatamente e procurou um lugar para estacionar.

Bem, já que estavam em Bonn, podiam muito bem sair e dar uma olhada.

A primeira coisa que viram foi uma faixa presa entre dois postes de luz: JUDEUS, DEIXEM BONN.

Foram visitar a casa onde Beethoven nasceu. Amado Beethoven — que também era alemão, lembraram a si mesmos. Depois, foram a um café. Estavam cansados, sedentos e cabisbaixos. Leonard sofria de tremores crônicos nas mãos e tremia tão violentamente que mal conseguia beber o chá. Então: *Herr Präsident* estava chegando. "Bem, quem poderia ser além de *você-sabe-quem*?", disse Virginia, baixando a voz para um sussurro (o café estava lotado).

Leonard, que desistiu de tentar esconder a ansiedade, disse que achava que, quanto mais cedo eles saíssem de

Bonn, melhor. “Temos que encontrar uma estrada diferente daquela pela qual chegamos”, disse ele, pegando o mapa. Estavam na margem direita do Reno e precisavam chegar à margem esquerda. Lá, pegariam a estrada para Mainz.

Saíram do café e, com a ajuda de um homem na rua, encontraram o caminho por uma ponte. Mas, quando chegaram à margem oposta, foram confrontados por uma grande turba. Havia homens de uniforme — policiais e soldados com rifles, como os que tinham visto antes na Autobahn — e fileiras incontáveis de crianças uniformizadas. Uma banda tocava, e algumas pessoas cantavam a plenos pulmões; outras cantarolavam. Um mar vermelho de bandeiras ondulava. Suásticas, suásticas por toda parte, e faixas tremulando — OS JUDEUS SÃO NOSSOS INIMIGOS — a apenas alguns metros de distância.

Leonard e Virginia sentaram-se aturdidos em seu carro. A capota estava arriada; não poderiam ter se sentido mais expostos.

“Ah”, disse Virginia, a voz soando muito distante. “O que vamos fazer agora?”

“Conhecer *Herr Präsident*, ao que parece”, murmurou Leonard. Ele tinha certeza de que era isso que as pessoas estavam esperando. Faça o que for, mas fique longe das manifestações nazistas, ele fora avisado. E ali estavam eles, presos no meio de uma. Seu carro era o único na estrada. As pessoas olhavam para eles. Mitz sentiu o batimento acelerado no pescoço de Leonard e sua repetida deglutição.

Um homem de uniforme preto, com o rosto muito vermelho, se aproximou. Levantou as mãos, apertou os punhos, ergueu um joelho e depois o outro e bateu os pés. Ele próprio era uma suástica, sob todos os ângulos: torcido, preto e vermelho. Apoiou-se no carro. Leonard sentiu a carta no bolso. Mitz, animada com o barulho, as bandeiras e então com esse divertido companheiro, saltou no volante e gritou. O homem parou. Surpresa, depois perplexidade e então ternura apareceram em seu rosto. “*Ah-oh-ah!*”, exclamou. Bateu palmas como uma criança. "*Das lieb kleine Ding!*" [Que coisinha mais adorável!]

Era como se os Woolf tivessem desaparecido. O soldado da tropa de assalto só tinha olhos para Mitz. Ele se inclinou para o carro, e Leonard inalou uma mistura de cerveja, cebola, couro, pomada e suor. O homem agitou um dedo para Mitz, e Virginia fechou os olhos e rezou para que Mitz não o mordesse. Ainda assim, ela o mordeu, mas isso só pareceu aumentar o deleite do homem. Ele murmurava e balbuciava, oferecendo dedos de salsicha alemã para Mitz, um por um. E qual era o nome da doce criaturinha? Após ouvir o nome, riu e o repetiu várias vezes, dando um tapa na coxa. Ele adorou — adorou! Por fim afastou-se do carro, juntou os calcanhares e ergueu o braço. "*Heil Hitler!*"

Os Woolf entenderam que estavam sendo autorizados a dirigir. Leonard avançou com o carro enquanto o homem gritava para a multidão abrir passagem, abrir passagem para Mitz! Muitas pessoas tinham visto Mitz apontavam e gritavam para ela. Atrás deles, outras pessoas levantavam o pescoço para uma visão melhor, e os *ohs* e *ahs* se tornaram mais altos e estridentes; e se ouvia o nome Mitz sendo dito aqui e ali. Risos e alegria e braços estendidos: "*Heil Hitler!*" "*Heil Hitler!*" Qualquer um teria pensado que fora para Mitz que os nazistas haviam se reunindo. Ela pulou novamente no ombro de Leonard e continuou se movendo de um lado do pescoço dele para o outro e examinando as muitas pessoas em ambos os lados da estrada — talvez estivesse revisando suas tropas. A cada minuto, mais ou menos, soltava um de seus gritos agudos. Virginia também estava a um passo de gritar. Foi preciso reunir todas as suas forças para se manter composta. Ela sorriu de volta mansamente para a multidão sorridente, levantou o braço: *Heil Hitler*! Dormência nas pernas, nas mãos e no rosto. Suor escorrendo nas costelas.

Eles seguiram de carro — muito devagar, como precisaram fazer. Arrastaram-se por quilômetros — e ainda assim as bandas tocavam, as bandeiras tremulavam e OS JUDEUS

ERAM NOSSO INIMIGO, e homens, mulheres e crianças cortejaram Mitz com a saudação nazista.

Quando, finalmente, surgiu a possibilidade de sair da estrada, Leonard aproveitou a chance e pisou no acelerador. Depois que tinham percorrido mais de um quilômetro, parou o carro, e os dois se encararam por alguns momentos. Estavam naquele lugar estranho entre risos e lágrimas. "Bem", disse Leonard, revirando o bolso a fim de pegar alguns vermes secos para alimentar Mitz. "Quem precisa do Príncipe Bismarck?"

"Contamos a você como a sagui nos salvou de Hitler?", Virginia se lembraria (com sua habitual tendência ao exagero) em uma carta a um amigo escrita vários meses depois.

Na verdade, era por Göring que a multidão em Bonn estava esperando.

Dos três dias na Alemanha, os Woolf se lembrariam disto: os enormes símbolos antijudaicos que viam em todos os lugares; de como, por causa da espetacular distração criada por Mitz, eles nunca tiveram problema algum e ninguém jamais suspeitara que Leonard era judeu. (Claro, os Woolf não tinham ideia de que, alguns anos depois, seus nomes seriam colocados em uma lista que a Gestapo havia começado a compilar: para serem presos imediatamente após a invasão da Inglaterra.)

Quando os Woolf deixaram a Alemanha, as quatro palavras *das lieb kleine Ding* se tornaram tão repugnantes para Leonard que ele temia ser capaz de golpear a próxima boca que as proferisse. Ele sempre recriminara a tolice que Mitz parecia trazer à tona, as perguntas e os comentários idiotas que a visão dela invariavelmente provocava nas pessoas. No exterior, só piorou: primeiro na Holanda, depois na Alemanha, e, quando se dirigiram para a Áustria e a Itália, aconteceu exatamente o mesmo. Seria somente quando voltavam para casa, ao longo da Riviera Francesa, que notariam uma mudança. Quando um dono de hotel em Draguignan proibiu a entrada de Mitz no estabelecimento, foi quase um alívio. ("Tínhamos finalmente, depois de viajar 3.950 quilômetros, chegado a um país em que um sagui não era uma coisinha adorável.") O *sang-froid* com que os franceses reagiram a Mitz aumentou imensamente o respeito de Leonard por aquele povo.

Os Woolf chegaram a Innsbruck no décimo segundo dia. No dia seguinte, atravessaram o Passo de Brennero e dirigiram até Verona, onde passaram a noite. Desceram em direção a Roma a seu tempo (a jornada é o que importa, não o destino, como Leonard gostava de dizer, citando Montaigne). No décimo sexto dia chegaram a Roma, onde Vanessa havia reservado quartos para eles no L'Albergo d'Inghilterra.

Dois dos filhos de Vanessa, Quentin e Angelica, estavam hospedados com ela, e o primeiro dia, portanto, foi uma reunião de família. Quando os Woolf relataram a aventura em Bonn, Quentin disse que não entendia como os alemães podiam ter falhado em notar a semelhança de Mitz com o próprio dr. Goebbels.

O fascismo estava em ascensão na Itália naquela época, mas lá não havia sinal da atmosfera de tensão e ameaça que fora tão densa na terra dos nazistas. Os dias eram preguiçosos, cheios de sol; os italianos, afáveis como sempre. Os Woolf apreciavam as vistas à vontade: o Fórum, o Vaticano, o Borghese. Virginia praticava seu italiano. Horas em uma piazza escrevendo cartões-postais, apreciando aquele café que não poderia ser tomado em nenhum lugar depois que voltassem para casa. O Caffé Greco, Vanessa e Angelica desenhando, Virginia lendo o que Stendhal escreveu sobre Roma, os homens lendo os jornais: Lawrence da Arábia havia batido sua motocicleta. Foram a uma feira de variedades, e, enquanto Vanessa comprava louças com seu olhar de especialista em cerâmica, Virginia foi atingida por uma antiga imagem da irmã: uma jovem casada, suntuosa, regente e serenamente no comando e seguida por admiradores, o maior de todos a própria Virginia.

Os Woolf e os Bell se despediram no dia 24. Dois dias depois, em Ventimiglia, Leonard e Virginia cruzaram a fronteira para a França. Naquele momento começaram a se cansar. Verdade seja dita, mais do que visitar a França, eles queriam estar em casa. Estar no seu quarto, sentar em suas cadeiras... Depois de todas aquelas semanas de viagem, o carro era como uma gaiola. E ambos estavam ansiosos para voltar ao trabalho. Até mesmo Mitz estava farta e passava cada vez mais tempo dormindo no banco de trás, acomodada entre as malas.

Os últimos dois dias foram insuportáveis. Choveu sem parar, e o frio era típico do outono. Houve bons momentos, é claro. Em Chartres, foram arrebatados por duas obras-primas: a catedral, que estava vazia naquele dia escuro e chuvoso, e uma excelente refeição, com um *sauce crème à la moutarde* que até Virginia considerou memorável.

Em casa. O último dia de maio. Uma névoa branca sobre Sussex. Os Downs estavam muito mais cheios e verdes do que quando partiram. Ao se aproximarem de Rodmell, pensaram em Pinka — como seria bom revê-la. E Mitz? Será que Leonard achava que Mitz tinha sentido saudades de Pinka? Virginia queria saber. Será que Pinka sentira saudades de Mitz? Talvez, disse Leonard com um bocejo; talvez.

Em casa!

O que aquela pá estava fazendo ali, encostada na porta?

Ah, lá está Percy. Mas o que...?

Os olhos vermelhos, a boca triste, Percy parou na frente deles com a cesta de Pinka nos braços, e na cesta jazia Pinka, morta.

Oito

“É muita gentileza da sua parte oferecer um cachorro a L.”, escreveu Virginia para Vita. “Mas penso que no momento ele está muito melancólico.”

Ela contou a história a Vita: Pinka estava perfeitamente bem até umas duas semanas depois que os Woolf a deixaram com Percy. Então ela teve um ataque, seguido por mais dois. O veterinário a examinou e ficou confuso, poderia ser meningite? Ela ficou mais doente e mais fraca e se recusou a comer. Morreu na noite anterior ao retorno dos Woolf. Agora estava enterrada no pomar.

Ambos estavam melancólicos. Era a última coisa que poderiam ter pensado ao viajar: que nunca mais veriam Pinka. Estavam com o coração partido... ah, mas não queriam se deixar afundar em seus sentimentos. Por mais que gostassem de animais, os Woolf detestavam pessoas sentimentais em relação a eles ou que os estimavam até o ponto de fetichismo. Embora nenhum deles quisesse viver sem um cachorro, franziram a testa quando Ottoline beijava sem parar o focinho de seu Sócrates. Não gostavam de pugs ou de raças de porte pequeno em geral. Sabiam que havia uma maneira de cuidar dos animais sem tratá-los como humanos e eram cautelosos com os defensores dos direitos dos animais. Os Woolf sabiam perfeitamente bem que os cães não eram melhores amigos do que as pessoas e teriam ficado horrorizados com a sugestão de que Pinka ou qualquer outro animal de estimação pudesse substituir os filhos que não puderam ter. Para muitas pessoas, a morte de um cachorro pode ser uma ocasião para chorar e se lamentar, mas os Woolf não permitiriam essa indulgência a si mesmos. Queriam ser melhores que isso.

Haviam chegado à Monk's House no início da manhã. Depois de ouvir a história de Percy, sentaram para um café da manhã sem palavras e sem gosto, e às onze Leonard estava diante de sua escrivaninha. *Quack, Quack!* fora publicado no dia anterior, e o *Times Literary Supplement* havia veiculado uma resenha morna, a qual Leonard leu no café da manhã. Então foi direto trabalhar no novo livro.

Já Virginia estava se sentindo inquieta demais para retomar seu romance. Refletiu sobre o lado ruim de tirar férias, sobre como isso interrompeu o hábito de escrever — e na escrita, é claro, o hábito era tudo. E, por mais difícil que fosse escrever, não escrever era, de longe, ainda mais difícil, e sempre havia o medo profundo do escritor de que perder o hábito seria perder o talento. E pobre Pinka — ah, lá estavam as pegadas dela no mata-borrão de Virginia!

Alguns dias depois, de volta a Londres, os Woolf receberam mais notícias ruins: Mabel havia quebrado o gramofone. Claro que teve de ser o bem favorito deles. Leonard estava fora de si. Agora, vociferou, essa mulher estúpida precisa ir embora... ela e seu café intragável já vão tarde!

Mas, no fim das contas, ela não foi embora; Virginia a salvou. A briga, no entanto, foi feroz. Virginia não se lembrava de ter visto Leonard tão nervoso. Sabia que, em parte, a dor pela morte de Pinka era a culpada. Não havia dúvida de que ele sentia a perda mais agudamente que ela. Sim, eles precisavam de outro cachorro, ela disse a Vita. Mas não ainda.

Os dias se passaram: havia o transporte habitual entre a cidade e o campo, as visitas habituais das pessoas habituais, entre as quais o mais divertido era Tom ("um de 'nós'", Virginia o anunciava), que estava tendo tanto sucesso com seu *Crime na catedral*. (Mas quando viram a peça em novembro: "Quase precisei carregar Leonard para fora, gritando", segundo Virginia, que não gostou muito da peça.) Uma vez que Virginia voltou ao trabalho, foi com uma vingança. Viu seu romance terminado no final do verão, mas ainda não havia encontrado um título que a agradasse.

Verão: embora um passeio sem cachorro não fosse a mesma coisa, o Regent's Park oferecia em junho um prazer requintado — ah, como é melhor caminhar do que andar de carro! Sentar no jardim da Monk's House e ouvir as cotovias cantando e as abelhas zumbindo... Colher cogumelos e morangos selvagens... Ver as lebres correrem sobre os tojos... E junho trouxe o Festival de Glyndebourne, que se iniciara no verão anterior e ficava a apenas oito quilômetros de Rodmell. Eles se vestiram: ela de seda azul-clara, ele de casimira preta. Estenderam um cobertor no gramado à beira do lago e comeram presunto frio entre os atos de *A flauta mágica*. E, enquanto ouviam Mozart, todas as aflições foram esquecidas. Voltaram para casa cantando fora do tom, mas felizes: "*Mann und Weib, und Weib und Mann...*" [Homem e mulher, e mulher e homem].

E Mitz? Mitz sentia falta de Pinka? Os Woolf se perguntavam. Era verdade que, por algum tempo depois que eles voltaram do exterior, Mitz não parecia ser ela mesma: estava bastante apática e passava mais tempo em sua gaiola do que o normal. Mas Leonard pensou que isso poderia ser apenas fadiga da viagem ou algo como o mal-estar que Virginia muitas vezes experimentava após umas férias. Às vezes, era verdade, Mitz vagava pela sala, investigando cada canto, espiando sob os móveis, como se estivesse procurando por algo que havia perdido; ou cruzava para a frente e para trás entre a cadeira de Leonard e a cadeira de Virginia, olhando de um para o outro como se fosse perguntar algo — mas ela sempre se comportara, Virginia escreveu uma vez, "como se o mundo fosse uma pergunta".

Uma noite, Mitz permaneceu sentada por tempo demais e muito quieta no lugar onde ficava a cesta de Pinka, mas não estava mais (Pinka havia sido enterrada nela). De fato parecia melancólica — mas essa não era uma de suas expressões habituais? Não havia dúvida de que adorava Pinka quando ela estava viva. Mas o que sentia agora era inescrutável. Era possível, pensou Leonard, que tivesse esquecido que Pinka havia existido. Não havia como dizer se ela sentira falta de Pinka enquanto estiveram fora. E então, se estava mesmo de luto, vivia isso de maneira tão contida e particular que os próprios Woolf só poderiam tê-la admirado.

Em uma tarde cálida no final de junho, Mitz se viu sozinha na casa. Leonard e Virginia haviam saído juntos após o almoço. Mitz também queria ter ido, mas Leonard gentilmente a soltou de seu pescoço e a pôs no chão. Ela o seguiu até a porta, mas ele a fechou antes que pudesse sair. O que estava acontecendo? Normalmente ela precisava ir a todos os lugares. Nem teve tempo de se perguntar: assim que ficou sozinha, pulou no peitoril da janela e imediatamente começou a cochilar — um efeito da intensa luz do sol que batia no momento. Adormeceu, suspensa naquele calor como se estivesse em uma palmeira gigante.

Acordou quando ouviu a chave na fechadura. Ah, estavam de novo em casa — ela poderia ganhar algo para comer. Muitas vezes, quando Leonard saía, ele voltava com uma guloseima no bolso: um bom e quente ovo de pássaro, um gafanhoto vivo. Mitz bocejou e pulou no chão. A porta se abriu, e um completo estranho entrou na sala. Era como se uma nuvem tivesse coberto o sol. Mitz gelou. Então Leonard e Virginia também entraram, mas Mitz não prestou atenção neles. Manteve os olhos fixos no estranho, que andava em círculos pela sala, farejando tudo. Ao sentir o cheiro de Mitz, ele se revirou, rompendo o ar com seus gritos. Ensurdecida e furiosa, Mitz arqueou as costas. Ela sabia exatamente o que estava por vir e se preparou. Seus tufos brancos estavam em pé. Baixou as orelhas e o queixo. E, quando a coisa resfolegante, úmida, redonda e preta se aproximou, ela a atacou.

Que confusão! Leonard levou bastante tempo para acalmar o estranho. Enquanto isso, Mitz cruzou a sala aos pulos e saltou no ombro de Leonard. Ela também sabia ser barulhenta, você sabe.

"Meu Deus!", gritou Virginia, tapando as orelhas com as mãos.

Leonard encolheu os ombros, forçando Mitz a agarrar a gola da camisa para não perder o equilíbrio. Ele levantou a voz acima do barulho. "Eu disse a você: só porque ela já gostou de um cachorro não significa que gosta de todos eles."

Quando Virginia levou a chaleira ao fogo, Leonard disse: "Por que não vamos passear todos juntos depois do chá?".

E foi o que fizeram. Foram para a praça e conversaram com o zelador, e naquela noite Bloomsbury inteiro soube sobre a nova spaniel dos Woolf.

"Um caso curioso de obsessão erótica desesperançosa", foi como Virginia descreveu o sentimento da nova cachorra por Leonard. Seu nome era Sally. Treze meses, preta e branca, olhos delicados, focinho delicado, cabeça delicada. "Uma aparência muito distinta", mas "teria inteligência?" Não foi de Vita que a pegaram, mas de um criador em Ickenham. E como se comparava a Pinka? "Mais leve, mais nervosa, talvez um caráter menos sólido que o de Pinka."

Mas o que em Leonard tanto inflamou a paixão da criatura irracional? Sally se agarrou a ele e por meses não passeou com Virginia. E no que diz respeito ao relacionamento de Sally com Mitz: as duas logo aprenderam a tolerar uma à outra, mas não eram amigas. Embora Mitz às vezes cuidasse de Sally, ela fazia isso com indiferença, nunca com o tipo de concentração feroz que dedicava ao cabelo de Leonard ou ao pelo de Pinka. Leonard repetiu: Dê tempo a elas. Mas, observando a frieza de Mitz em relação a Sally e como, mesmo nas noites mais frias, ela não buscava refúgio naquele pelo preto e branco, Virginia sentia uma pontada de dor. Era algo tolo... tolo demais para exteriorizar; mas ela não podia deixar de pensar que Mitz era mais fiel a Pinka do que eles.

Os Woolf se mudaram para Rodmell em pleno verão. Em uma noite de agosto, depois que foram se deitar, Mitz descobriu que alguém havia deixado a porta dos fundos aberta. Sentou na soleira da porta, o coração livre. O mundo acenou. Ela saiu, movendo-se rapidamente no chão, onde não se sentia segura, até chegar à grande figueira. Em um piscar de olhos, ela a escalou. Uma brisa agitou o topo da árvore, e de vez em quando uma brisa mais forte soprava de uma direção diferente e balançava a árvore inteira. Mitz se agarrou ao galho em que estava e foi agitada e balançada. Inspirou os cheiros ricos que haviam sido assados na terra ao longo do dia quente e eram então liberados. Ouviu a coruja e o cuco. A lua brilhou. As estátuas no jardim cintilaram. Sombras se aglomeraram no pomar. Mitz se banqueteou com insetos capturados no ar. A lua empalideceu. Uma raposa se banhou no lago de nenúfares. O ar noturno úmido, as árvores farfalhando, o vento soprando seus pelos, a raposa, a lua... ah, quem poderia dizer quais medos ou deleites, quais memórias ou anseios tudo aquilo despertou na pequena Mitz?

"Graças a Deus!" Era de manhã. Virginia e Leonard estavam em seus trajes de dormir debaixo da figueira.

"Por que as pessoas não podem ser mais cuidadosas?", Leonard estava irritado. Alguém havia se descuidado seriamente.

"Deve ter sido Janie que deixou a porta aberta." (Jane Bussy, uma amiga que às vezes ensinava francês a Virginia, os visitara no dia anterior.) "Devo pegar a rede?"

"Não. Vou abraçar você e..."

"Ah, Mitz!"

Lá estava ela.

Nove

Verificava-se muita discordância acerca de quando surgiu o Grupo de Bloomsbury (com alguns membros do grupo insistindo que, de fato, nunca surgiu). Foi em 1904? Em algum momento entre 1912 e 1914? Em 1920? Seja lá quando Bloomsbury verdadeiramente teve início, não há como contestar que, no momento em que Mitz chegou, o grupo estava chegando ao fim. (Leonard, olhando para trás certo dia, dataria o início do fim com a morte de Lytton Strachey, em 1932.) Mas os anos de crepúsculo foram tudo menos obscurecidos. Um mundo em declínio, talvez; mas, ainda assim, um mundo em que se podia ouvir Eliot, Forster e Virginia Woolf discutindo James Joyce.

Do ombro de Leonard ou de dentro de seu colete, Mitz olhava — para cima ou para baixo, conforme o caso — para alguns dos rostos mais celebrados da época, do extremamente belo de Lady Diana Cooper ao digno de Jawaharlal Nehru e ao de feições de rato de Somerset Maugham. Mitz foi testemunha da emoção gaguejante de Maynard Keynes ao anunciar que escrevia um livro que poderia mudar para sempre a economia. Na Monk's House e na Tavistock Square, ainda ocorriam as conversas que haviam se iniciado na 46 Gordon Square três décadas antes — sobre beleza e bondade, verdade e realidade, arte e amizade, religião e amor. Opiniões consideradas idiotas ou absurdas eram denunciadas com a mesma velha força e desdém. Certo romance era bom ou ruim, fulano era bom ou mau pintor, o que a poesia pode fazer que a ficção não pode e vice-versa — esses eram os tipos de perguntas debatidas sobre *crumpets* com mel ou perdiz assada. Qual o mal maior: trair o país ou um amigo? A guerra pode ser justificada? O artista deve se submeter à psicanálise? (Os Woolf publicaram Freud.) Qual a maneira certa de aceitar críticas? Importava não ser lido pelos jovens? Por que não havia mulheres no comitê da London Library?* (Um debate que deixou Virginia furiosa e determinada a desabafar em um livro chamado *On Being Despised* [Sobre ser desprezada].) Literatura pode ser ensinada? Um escritor deve aceitar honrarias? (Não, disse Virginia veementemente. Ela recusou a oferta de recomendação para os Companheiros de Honra e, quando lhe pediram para substituir H. G. Wells como presidente do clube PEN, ela explodiu: "Quanta insolência! Dez jantares por ano, e eu sentada à frente desta lamentável companhia de coçadores de costas e aplicadores de bálsamo".)

Houve momentos em que Mitz, ao ouvir conversas particularmente animadas vindas do estúdio ou da sala de estar de Virginia, ficava perplexa ao entrar e não encontrar ninguém além da própria Virginia.

Eis outro mistério do Grupo de Bloomsbury: as pessoas eram chamadas por um nome quando estavam presentes e

* A London Library foi fundada em uma época em que ainda não havia bibliotecas de empréstimo e antes que existissem instituições desse tipo financiadas pelo Estado. A campanha de angariação de fundos do comitê, que durou um ano, foi um sucesso graças à contribuição de 382 membros fundadores, cujo apoio possibilitou a abertura da biblioteca ao público em 3 de maio de 1841. Entre os membros estavam o romancista Charles Dickens, o filósofo e economista John Stuart Mill e a jornalista e escritora Harriet Martineau. [N.T.]

por outros quando não estavam. O "gato não castrado" que viria para o jantar era, na verdade, Ethel; o "grande sapo" e o "querido velho" eram Tom. E quem eram o sr. Bennett e a sra. Brown? Mitz ouvia esses dois nomes com frequência, mas ambos nunca apareciam. Mitz também foi testemunha daquelas cenas famosas em que a agnóstica Virginia discutia com o convertido anglo-católico Tom sobre religião ("Balela!") e a existência de Deus ("Absurdo!"). Nessas ocasiões, Virginia podia ficar bastante agitada, mas Tom permanecia calmo, olhando para ela com a mesma expressão com que olhou para Mitz quando ela o mordeu.

Havia também muitas cenas entre os Woolf. Leonard quase nunca perdia completamente a paciência, mas, a qualquer sinal de raiva por parte dele, primeiro Pinka e depois Sally saíam da sala de fininho. Mitz, não. Havia algo no tom da voz de Leonard quando irritado que parecia estimulá-la. Ela pulava para cima e para baixo, tagarelando opiniões não solicitadas — podia-se pensar que ela o estava encorajando. As brigas dos Woolf quase todas tinham a mesma origem: Virginia se recusava a sair cedo de uma festa ou descansar adequadamente, ou beber seu leite, ou comer. (De todas as coisas estranhas em relação aos humanos para Mitz, esta era a mais estranha: o fato de Virginia não comer.) Algumas brigas entre Leonard e Mabel inevitavelmente causavam brigas entre os Woolf, com Virginia acusando Leonard de "fazer de Mabel um gancho para pendurar seus infortúnios". E havia as brigas lendárias de Leonard com os funcionários da editora. Com sua equipe, Leonard era quase tão ruim quanto com os serviçais. Ninguém conseguia deixá-lo satisfeito; ninguém além do próprio Leonard sabia melhor como uma coisa deveria ser feita; ele estava cercado de palermas e trapaceiros. (Não é à toa que John Lehmann chama suas memórias sobre o ano trabalhando na Hogarth Press como *Thrown to the Woolfs* [Atirado aos Woolf, ou aos Lobos, como também eram chamados].)

Mitz chegou em um momento de virada para os Woolf, quando o fardo de serem editores se tornara maior do que os prazeres. Em primeiro lugar, eles não gostavam da maneira como a editora os prendia. Digamos que quisessem ir para o exterior por um ano ou mais: eles não poderiam. E como estavam cansados de ler todos aqueles manuscritos, quase todos ruins, alguns "de sublime loucura ou profunda estupidez", de acordo com Leonard, "consideramos seriamente iniciar a Coleção dos Piores Livros do Ano da Hogarth". Mitz os observava à noite: Leonard em sua cadeira e Virginia na dela virando as páginas, lentamente no início, depois mais e mais rápido. De vez em quando, um ou outro gritava — *Lixo absoluto!*; *Totalmente insano!*; *Direto para o vaso sanitário!* — e jogava as folhas pela sala. Mitz achava que haviam inventado um jogo.

No ombro de Leonard, Mitz acompanhou reuniões do Bloomsbury Group Memoir Club, onde Virginia levantou a pergunta "Sou uma esnobe?" e Maynard se lembrou da Cambridge de sua juventude, de suas crenças juvenis e da influência do filósofo G. E. Moore no início do Bloomsbury. Ela também esteve em inúmeras reuniões políticas. Do colo de Leonard, observava várias salas e corredores lotados enquanto ele participava de mesas-redondas e proferia discursos. Ela ouviu as virtudes do socialismo sendo exaltadas, os males do fascismo e do comunismo sendo deplorados, além de argumentos para salvar a Liga das Nações e propostas para a prevenção da guerra. *Guerra* — ouviu essa palavra muitas vezes sendo repetida, por Leonard e por outros, assim como *Hitler* e *Alemanha*, e novamente *guerra*. *Guerra*, *guerra*, *guerra* — como o latido de Sally. E, qualquer que fosse o significado disso tudo, Mitz sabia que se tratava de algo imenso, fazendo com que o coração de Leonard acelerasse, com que as veias do seu pescoço se projetassem e latejassem, com que sua voz tremulasse e suas mãos tremessem incontrolavelmente.

As portas da sociedade estavam abertas para Mitz. Ottoline e Sibyl, as duas grandes anfitriãs da época, a recebiam em seus salões. Mitz foi uma convidada em Garsington, onde poetas e políticos se exibiam como pavões.

Na Argyll House, ficou a par das mais seletas fofocas e ouviu tudo sobre a sra. Simpson muito antes de o escândalo chegar aos jornais. Para Kent, Mitz ia para fins de semana em Sissinghurst, que Vita havia comprado recentemente e onde estava plantando as primeiras sementes daquele que se tornaria o renomado jardim. Houve semanas durante a temporada de Londres em que Mitz saía quase todas as noites. E, embora uma festa sempre a animasse e ela gostasse dos rostos, das risadas e da conversa — sem mencionar os petiscos que Leonard lhe dava —, nisso também era como Virginia: ela só podia aguentar por um tempo. Demasiadas *soirées* esgotavam seus nervos e lhe davam dor de cabeça, e, não importava quanto se divertisse, estava sempre feliz por estar em casa, pois de fato não havia nada mais estimado para ela do que aqueles cômodos simples repletos de livros, sua gaiola aconchegante, sua lareira.

O final do verão de 1935 trouxe uma triste separação: o sobrinho dos Woolf, Julian Bell, mudou-se para a China. Ele assumiu uma cátedra de inglês na Universidade de Wuhan. Por quê?, Virginia queria saber. (Na opinião dela, a literatura *não* podia ser ensinada.) E por que precisa ir para tão longe? A mãe dele estava inconsolável. Julian era o filho mais velho de Vanessa e seu favorito.

Algumas semanas antes, tendo acabado de saber que sua candidatura para o cargo de professor havia sido aceita, Julian chegara a Tavistock Square transbordando de novidades. Leonard e Mitz jantaram fora naquela noite. Sobrinho e tia conversaram por muito tempo, de maneira íntima que não era comum para eles. Julian ficou até uma da manhã, e no dia seguinte, ao escrever em seu diário, a mente de Virginia voou à frente, e ela o viu voltando da China "um homem adulto com um lugar no mundo. Ele deseja escrever sobre política e filosofia e entrar na política a sério". Então sua mente voou de volta, para um jantar em uma noite de primavera no ano anterior. O livro de Tom, *After Strange Gods* [Depois dos deuses estranhos], tinha acabado de ser publicado, e ele e Maynard o discutiam. Julian chegou assim que Maynard atacava a geração mais jovem: os jovens não tinham tradições nem religião. Não tinham disciplina nem moralidade. Tom concordou. E os jovens estavam com muita pressa para publicar; não podiam imaginar dedicando-se anos e anos a um livro… Tudo isso pode ser verdade, disse o jovem Julian em desvantagem numérica: da mesma forma que ele prefere ser de sua geração do que da deles. Calmo. Honesto. Tia e sobrinho tinham suas diferenças (ela era dura com a poesia e as maneiras dele à mesa; ele a provocava impiedosamente e a acusava de ser cruel), mas entre eles havia uma grande afeição. Julian trouxera à sua mãe a felicidade mais extraordinária; somente por isso Virginia já o teria amado.

Era incerto quanto tempo Julian permaneceria na China — talvez por até três anos. Quando voltou, Virginia ponderou: “Ele [teria] trinta e eu cinquenta e seis, infelizmente”.

Dez

Em 4 de setembro de 1935, Virginia decidiu que chamaria seu romance de *Os anos*. Por fim, tinha certeza do título; tudo o que precisava fazer então era reescrevê-lo. Em 29 de dezembro, registrou em seu diário que havia acabado de escrever as últimas linhas. Para comemorar, acendeu um charuto e soprou um halo gordo no ar, que bamboleou acima da cabeça de Mitz. Quando ela saltou para pegá-lo, Virginia riu.

Por um longo tempo, essa foi a última vez que Mitz ouviu Virginia rir.

O ano de 1936 começou mal, com Virginia na cama por três dias com dor de cabeça. O pior estava por vir. Durante todo o ano ela oscilou à beira do que chamava de "um esmagamento". Os meses se passaram, e *Os anos* não foi terminado. Virginia continuava estabelecendo a si mesma novos prazos — final de fevereiro, 10 de março, final de agosto — e não os cumpria. As páginas foram enviadas para a gráfica e transformadas em provas tipográficas, e, quando voltaram,

Virginia as revisou. Mas como poderia publicar uma tal "tagarelice débil"? Isso só traria sua desonra, disse ela. Seus amigos teriam vergonha dela, e seus inimigos se gabariam. E então começou a temer o pior: ela havia perdido seu dom; não sabia mais escrever. *Era* "uma velha escritora chata, sensível e arruinada"; Leonard, enfim, não conseguiu salvá-la.

"Eu me pergunto se alguém já sofreu tanto por conta de um livro." O trabalho de todas as manhãs era um tormento. Nem mesmo suas amadas caminhadas lhe traziam alívio. Ela se perdia em ruas familiares e começou a falar sozinha. Imaginou que as pessoas *sabiam* e zombavam dela. O sol a escolhia como um holofote. Ela ouvia as gralhas gritarem:

Fraude! Fraude!

Mitz não podia deixar de perceber a mudança que se abatera sobre a casa. Era como se um animal invisível mas perigoso tivesse ido morar com eles. O som da caneta se movendo pelo papel não era mais reconfortante. Quão alarmantes eram todos aqueles rabiscos agitados, aqueles cortes e arranhões furiosos, aquelas folhas amassadas em formato de bola, aquelas folhas rasgadas em pedaços — um livro estava sendo escrito ou destruído?

Mitz não podia se lembrar da última vez em que Virginia havia conversado com ela ou olhado em seus olhos. Até mesmo quando Mitz estava bem debaixo do seu nariz, Virginia parecia não vê-la. Parecia estar tendo problemas de visão em geral: batia nas portas, tropeçava em móveis. Em situações assim, o instinto de um cachorro é deitar-se. Mas Mitz não era Sally. Tantas vezes quanto Virginia a afastava, ela voltava — até receber o maior choque de sua vida. O chute a mandou para trás, de cambalhota, pela sala. Quando recuperou o fôlego, foi direto para Leonard. Virginia se desculpou com lágrimas nos olhos, mas Mitz, depois disso, manteve distância dela.

De uma distância segura, Mitz então a observava. E via como essa atividade misteriosa que poderia trazer tanto rubor para a face de Virginia também poderia ter o efeito oposto: ela estava tão branca quanto o papel em que escrevia.

Rabiscava e cortava; murmurava, gemia e praguejava. Pulava da cadeira e andava em círculos pela sala. Parava diante do espelho, seus olhos revistando seu reflexo. *Estou velha*, Mitz a ouvia dizer. *Eu sou feia*. Para Leonard, insistia: *Sou um fracasso*. Ela havia perdido sua arte e não tinha filhos. Vanessa tinha dois. *Eu não tenho nenhum*.

Era 1936. Kipling e o rei George haviam morrido no início do ano, e, mais tarde, A. E. Housman e G. K. Chesterton. Todas as noites as notícias do rádio eram deprimentes. Os italianos esmagaram a Abissínia. Hitler deslocou suas tropas para a Renânia. Uma guerra civil ocorria na Espanha.

Após cambalear até a mesa de almoço, Virginia sentou em frente a Leonard e se recusou a comer. À noite, mal dormia. Leonard chamava os médicos, os quais Virginia detestava. Foram prescritos cloral, descanso e uma mudança de cenário. Assim, naquela primavera, os Woolf tiraram umas férias curtas na Cornualha, e naquele verão se retiraram por mais tempo do que o normal para a Monk's House. Mas *Os anos* permaneceu inacabado, e Virginia permaneceu indisposta. Por fim, chegou um momento em que não podia fazer nada além de ficar deitada na cama, procurando se recuperar com grossos volumes de Flaubert e Macaulay: a cura pela leitura. Passou grande parte do verão dessa maneira, mas no outono, quando voltaram para Londres, retomou, mais uma vez, *Os anos*.

Certo dia, no início de novembro, Virginia leu o romance do início e se decidiu. "Devo levar as provas, como um gato morto, até L. e dizer a ele para queimá-las sem ler."

Leonard a convenceu a deixá-lo ler o livro antes que o destruíssem.

Naquela noite, Leonard sentou em sua cadeira com as provas no colo e Mitz no ombro. "Era uma primavera instável." Mitz bocejou, depois fechou os olhos com força e dormiu. Sally estava deitada em sua cesta, e Virginia sentada, curvada, em sua cadeira, em uma espécie de estupor de desespero, aguardando seu destino.

Ao ler *Os anos* pela primeira vez, Leonard viu que, como de costume, Virginia havia exagerado. Não havia razão alguma para queimar o livro, razão alguma para que ele não fosse publicado. Os amigos não encontrariam nele motivo para vergonha, os inimigos não encontrariam motivo para se gabar. Mas, embora ela tenha exagerado, Leonard viu que Virginia não estava errada: *Os anos* não era uma obra-prima. Não era igual aos seus outros livros. Leonard tinha certeza do próprio julgamento. A pergunta era: o que dizer? Ele sempre fora honesto com ela.

Lançou um olhar furtivo para Virginia, que havia cochilado. Acarinhada pela luz suave do abajur, o rosto relaxado, ela parecia muito mais jovem do que seus 54 anos, e Leonard foi levado de volta — levado por anos — para a primeira vez que a viu. Cambridge: Virginia e Vanessa tinham vindo visitar o irmão, um amigo de Leonard, Thoby Stephen. Virginia tinha dezoito anos. Ela e Vanessa estavam vestidas da mesma forma, com longos vestidos brancos e chapéus de verão, giravam sombrinhas brancas, e a graça delas — Leonard nunca tinha visto mulheres tão graciosas — o deixou sem fôlego. Onze anos depois, ao retornar à Inglaterra após sete anos no Ceilão, soube que muitas coisas haviam mudado. O pobre Thoby havia morrido de febre tifoide. Vanessa se casara com Clive Bell, outro amigo de Cambridge de Thoby, e teve dois filhos. Virginia recebera várias propostas de casamento, incluindo uma do melhor amigo de Leonard dos dias de Cambridge, Lytton Strachey. Mas uma coisa não havia mudado: ela estava tão bonita como sempre. Leonard se apaixonou — e assim como Virginia era novamente, naquele momento, a bela jovem de 1912, Leonard era novamente aquele jovem ardente que declarou: "Valeria a pena arriscar tudo para me casar com você".

Ah, os anos. Thoby morto, Lytton morto, Clive e Vanessa havia muito tempo separados e os dois meninos, homens feitos. Leonard suspirou. Virginia estava certa: ele duvidava se algum escritor já havia sofrido mais que ela ao escrever esse livro. E ele aumentaria esse sofrimento? Não, não. Não intencionalmente. Ele não podia, não devia. Ele não devia alimentar seu medo mais profundo.

Limpou a garganta, alto, tirando as três — sagui, spaniel, esposa — de seus cochilos. Virginia se virou para ele com um olhar que ele conhecia bem: ao mesmo tempo medroso e confiante. O destino dela estava em suas mãos, e ambos sabiam disso. O que quer que ele dissesse, ela acreditaria. O que quer que ele decidisse, ela aceitaria. Limpou a garganta mais uma vez e começou. Ele não havia terminado o livro todo, mas até agora...

Mitz sentiu o calor subindo para a superfície da pele de Leonard, a tensão em seus músculos, a pulsação acelerando em seu pescoço — todos sinais de que Leonard mentira. Virginia estava tão agitada — a pulsação tão alta em seus ouvidos — que mal conseguia ouvir. Pensou ter ouvido as palavras "extraordinariamente bom". Ela as *ouviu*. E disse: "Acordei da morte... para a vida!".

No último dia de 1936, *Os anos* foi para a gráfica, para felizmente ser esquecido até a primavera.

A publicação de *Os anos* foi marcada para os idos de março, e, à medida que "o fatídico dia" se aproximava, Virginia passou pelas agonias habituais, imaginando-se transformada, a partir daquele dia, na "ridicularizada romancista descartada". Mas — "Ah, que alívio!" — o livro foi resenhado com os maiores elogios. De todos os seus livros, foi o que mais vendeu, e na América, onde foi publicado um mês depois e elogiado por Faulkner, subiu ao topo da lista de mais vendidos de ficção.

"O dinheiro está garantido", ela exultou em seu diário; "L. terá seu carro novo".

Para escapar das celebrações da Coroação naquele mês de maio, os Woolf foram para a França. Sally ficou com Percy. E Mitz, como sempre, foi com eles. (*Ah... un petit singe. Est-ce qu'il est dangereux?* [Ah, um macaquinho. Ele é perigoso?]) Em uma vila, uma garotinha capturou caracóis para

Mitz, que os abriu como os ovos dos pássaros pelos quais nutria tanta paixão e que Leonard e Virginia roubavam para ela dos ninhos quando saíam para passear. Quanto aos Woolf, a cada refeição eles alegremente se entregavam à própria paixão, o *pâté de foie gras*. Visitaram o Château de Nohant e ficaram boquiabertos diante do piano de Chopin e das canetas de George Sand. Apaixonaram-se pelo belo e intocado Dordogne e até cogitaram comprar uma casa ali. Em suma, foram as férias perfeitas, e eles voltaram para a Inglaterra descansados e alegres.

Mas toda a felicidade daquela primavera foi obscurecida por uma sombra, e essa sombra foi projetada por Julian. Ele havia retornado da China, mudado, como esperado, mas não da maneira prevista. Todos viram que ele agora era um personagem mais solene e sério. E infeliz também. Amargo. Para o que sua brilhante educação em Bloomsbury o havia preparado?, perguntou com escárnio. Certamente não para qualquer profissão. Ele renunciara ao cargo de professor e, para a consternação de todos, anunciou que lutaria pela república na Espanha. Vanessa estava destroçada.

Dois dias antes de Julian partir para a Espanha, houve um jantar de despedida na casa de seu pai, na Gordon Square. Embora ele não pudesse ser dissuadido de seu plano, Julian fizera a seguinte concessão: se ofereceria não como soldado, mas como motorista de ambulância. Clive e Leonard então concordaram que ele muito provavelmente não estaria em maior perigo do que em casa, dirigindo entre Londres e Charleston. Virginia estava indignada. Ah, a estupidez dos homens! Não era à toa que havia guerras. Ela e Vanessa sabiam... Mas não, ela não devia deixar sua mente correr para aquilo. De fato, devia afastar a mente das preocupações com Julian, e como sempre a atividade mais distrativa era o trabalho.

Virginia já iniciara *Três guinéus*, o panfleto político que estava ansiosa para escrever havia algum tempo e ao qual certa vez pensou em chamar de *On Being Despised*. Começou como uma sequência de *Um teto todo seu*, que publicou em

1929 e no qual discutiu o destino da escritora mulher em um mundo patriarcal. Na sequência, planejava discutir educação e profissões para mulheres. Mas então, com a ameaça do fascismo e da guerra sempre presente, passou a pensar nisso também como seu "panfleto de guerra": uma meditação sobre as razões da guerra e o que poderia ser feito para evitá-la. Virginia acreditava que o fascismo, a procura por guerras e a opressão das mulheres estavam conectados, e em *Três guinéus* ela pretendia mostrar como.

O livro ia bem — um alívio enorme após a provação de *Os anos*. E havia outras distrações. No início daquele ano, em abril, os Woolf levaram Sally de volta ao criador em Ickenham para acasalar. Estavam então em suspense: ela estava prenhe ou apenas tinha vermes?

Em junho, Leonard comprou uma família de três tartarugas para o lago da Monk's House, e elas acabaram sendo inesperadamente animadas. Uma em particular parecia empenhada em escapar, e em certos dias daquele verão de 1937 esta visão surpreendente podia ser testemunhada: Virginia Woolf erguendo as saias e descendo a estrada à procura do pai da família.

Onze

Um grito soou na Fitzroy Street.

Foi um grito de tamanha angústia e de tamanha força que todos os que o ouviram pararam o que faziam e paralisaram. As mãos involuntariamente voaram para a garganta, o sangue foi drenado das faces, os joelhos tremeram.

Vanessa estava deitada de costas em sua cama, seus membros espalhados, sua cabeça torcida em um ângulo improvável. Um corpo jogado do telhado teria pousado assim, com todos os ossos quebrados. Os olhos se reviravam, a mandíbula se movia, o peito subia e descia. E Virginia viu que "a morte de um filho é parir novamente".

Então se podia dizer: ambas sabiam que Julian morreria na Espanha. Ele sobrevivera ali por menos de dois meses.

Vanessa disse: "Pensei que tinha ficado triste quando Roger morreu".

Roger, e Lytton, o irmão Thoby, com quem Julian se parecia tanto e que, como Julian, morreu na juventude — ah, as pessoas que enterraram! Vanessa deitou em sua cama, Virginia sentou ao lado dela, e elas se lembraram e choraram. Eram meninas quando a mãe morreu, de repente. E então, apenas dois anos depois, sua amada meia-irmã Stella, que havia tomado o lugar de sua mãe, também morreu de repente. O pai delas morreu — não de repente, mas de maneira terrivelmente lenta quando as irmãs Stephen tinham vinte e poucos anos. (Não é à toa que Henry James chamou a casa dos Stephen de "aquela casa de todas as Mortes".)

Virginia visitava a irmã todos os dias ("o único momento do dia em que alguém poderia querer vir", disse Vanessa a Vita). Quase imediatamente ela sentou e escreveu um breve livro de memórias de Julian. Quando Virginia não estava ao lado da irmã, estava trabalhando. (Trabalho: aquele grande consolo e distração; todos sabiam que o ponto de virada para Vanessa seria quando ela voltasse a pintar.) Em luto por Julian, Virginia lembrava a si mesma que ele havia morrido por uma causa nobre; fora uma morte galante, não fora? Mas não, ela não conseguia se agarrar a esse consolo. *Por que ele tinha ido? Por que tinha ido para a Espanha?* Era agoniante tentar reconstruir o que havia acontecido, a partir dos vários relatos conflitantes que chegaram a eles nas semanas seguintes. A bomba atingindo a ambulância. Os fragmentos perfurando seu peito. O fato de outro homem que estava com ele ter sobrevivido sem um arranhão. Enquanto aguardava pela cirurgia, ele perguntou quais eram suas chances e lhe foi dita uma mentira. Era de um milagre, e não de uma cirurgia, que ele precisava. No final, por algum motivo, ele falou em francês. Morreu naquela mesma noite. Tinha vinte e nove anos.

Mais tarde naquele verão, quando Virginia saía para caminhar, Julian começou a aparecer para ela: um homem grande, vestido descuidadamente como sempre, com um chapéu de abas largas e calça rasgada, falando e gesticulando rápido, como era de seu feitio. Aparecia ao seu lado, e ela se via discutindo com ele enquanto caminhavam, e viu seu *Três guinéus* se transformando nisto: em uma discussão com

Julian sobre a guerra. "Precisamos escolher a guerra, não a paz", escreveu ele em um de seus ensaios. *O que ele quis dizer com isso?* O amor pela guerra era incompreensível para Virginia, como ela achava que deveria ser para todas as mulheres. Por mais que tentasse, não conseguia entender o desejo de Julian de ir para a Espanha. Não podia evitar a ideia de que a morte dele tinha sido um "desperdício completo". E havia uma parte dela — ela não podia evitar — que nunca o perdoaria por ter ido para a guerra, por ter morrido, por ter contaminado toda a sua felicidade arduamente conquistada, por ter devastado a própria mãe. Vanessa disse: "Posso ser alegre, mas nunca mais serei feliz". Ele não previra isso? Sim, Virginia tinha certeza de que ele tinha, pois eles, mãe e filho, se amavam apaixonadamente. Ainda assim, ele fora embora. E agora Virginia era lembrada das palavras de Lytton, uma frase que aparece no fim de *Rainha Vitória*: "uma reversão do curso normal da natureza". Sim, assim parecia: como se alguma monstruosa reversão do curso da natureza tivesse ocorrido: o filho morrer antes da mãe.

Mas, dia após dia, Vanessa melhorou. Virginia mapeou esperançosamente seu progresso em cartas e em seu diário. Um dia, Nessa sentou na cama e comeu alguma coisa. Um dia, ela sorriu. Uma noite, por fim, conseguiu dormir sem sonífero. Fez um pequeno bordado. Respondeu às cartas de condolências. "Na próxima semana, espero que Nessa comece a pintar." Em meados de agosto, estava de pé e andando no jardim de Charleston. Em 9 de setembro, escreveu para sua irmã não vir vê-la se fosse muito incômodo: "Eu não preciso mais ser visitada como se fosse uma inválida". E algumas semanas depois veio este sinal mais promissor: Vanessa fez uma viagem com a família a Paris, para ver uma exposição de obras-primas francesas.

Iniciou-se uma temporada movimentada para os Woolf. Sally foi ferida com um espinho, e sua pata inchou e ficou "tão grande quanto um prato de sopa", de acordo com Virginia (sem dúvida exagerando). Tiraram o espinho com um cataplasma. ("Agora, se ao menos pudéssemos cataplasmar os *seus* espinhos", Leonard provocou Virginia.) Essa emergência médica mal foi tratada quando outra surgiu. Um dos caninos de Mitz estava solto — provavelmente por cárie. (Todo aquele mel e tapioca?) O dente não podia ser ignorado, pois interferia nas duas atividades favoritas de Mitz: comer e lamber os próprios pelos.

Virginia prendia a respiração enquanto Leonard embalava a pequena cabeça na palma da mão e extraía o dente com dedos trêmulos. E ela sentiu um novo respeito por Mitz — por ser inteligente o suficiente para entender que Leonard estava tentando ajudá-la e por suportar tão estoicamente o que não deve ter sido um procedimento indolor. (Quando a própria Virginia teve dois dentes arrancados alguns anos antes, fora generosamente dopada com cocaína.)

Depois que a gengiva de Mitz parou de sangrar, Leonard a recompensou com um *macaron*. "Receio que ela esteja ficando velha", disse ele. Quantos anos ela tinha, é claro, eles não sabiam. Mas Leonard lembrou-se do que lhe foi dito pelo zelador do Zoológico de Londres: eles nunca foram capazes de manter um sagui vivo ali por mais de quatro anos. Os Woolf estavam com Mitz havia uns quatro anos.

Guardaram o dente: uma longa lasca amarela com uma fina linha cinza a atravessando. "Perca outro, Mitz", disse Virginia, "e eu terei um par de brincos."

Em 12 de outubro, Virginia terminou o rascunho de *Três guinéus* e começou a revisá-lo.

Vermes acabaram sendo a causa decepcionante do inchaço de Sally, e em dezembro os Woolf a levaram de volta para Ickenham para acasalar mais uma vez.

Para o Natal daquele ano, Vita enviou uma magnífica torta de Estrasburgo ("que gansos imortais se foram para prepará-la!"), a qual os Woolf compartilharam com Tom. "O silêncio completo reinou. O poeta comeu; a romancista comeu; até mesmo Leonard, que sentia calafrios, comeu."

Os Keynes foram à Monk's House no dia de Natal. Maynard não havia se recuperado totalmente de um ataque cardíaco severo que sofrera em maio, e, quando a conversa se voltou, como sempre, para a política, e ele, como sempre, ficou agitado, Lydia sabiamente o levou embora.

Por todo aquele ano, a saúde de Leonard também causara preocupação. Foram vários sustos. Suspeitava-se de diabetes; depois da próstata, depois dos rins. Foram inúmeras visitas a especialistas; foram exames e testes.

Com o início de um novo ano, veio um novo susto.

Leonard estava deitado na cama, pálido, febril. Estivera lendo o jornal, mas, então, seus olhos estavam fechados e ele parecia estar se afogando. Mitz deitava enrolada no travesseiro perto de sua cabeça, e Sally dormia a seus pés. Sentada por perto, fingindo ler, mas na verdade observando ansiosamente, Virginia sentiu uma pressão ardente se formando atrás de seu nariz. Ela não suportava pensar na possibilidade — e, ainda assim, essa possibilidade era muito real — de ver quanto ele estava doente, ele nunca estivera tão doente, e os médicos estavam intrigados, nem tentavam esconder sua preocupação. Falou-se em admiti-lo em uma casa de repouso para observação; falou-se em cirurgia. Enquanto isso, uma combinação de descanso e pudim de arroz havia sido prescrita — e parecia não estar adiantando nada.

Sem Leonard, a vida não teria significado. Os anos ensinaram isso a Virginia. Os anos felizes, os muitos anos (haviam comemorado as bodas de prata em agosto). E eles não haviam se distanciado, como fazem os casais: estavam mais próximos do que nunca. Somente naquele outono Virginia decidiu que queria ir para Paris. Vanessa estava lá, Vita estava lá, Virginia conhecia um pequeno hotel — seria muito divertido. Mas então Leonard anunciou que não estava bem para viajar; se Virginia quisesse ir, iria sozinha. E por que não? Ela pensou, mas então isto a abateu: férias sem Leonard? Qual seria o objetivo? Sem Leonard, não seriam férias. E que turbilhões e marés de amor acompanharam tal revelação.

Todo o desejo de ir para Paris se desfez. Ficar longe, mesmo que por poucos dias, seria insuportável. Ficar longe... Ficar sem... Sozinha...

E então Virginia não pôde mais evitar: começou a chorar.

Leonard abriu os olhos, contemplou o quarto em confusão por um momento e voltou a fechá-lo. Por trás das pálpebras, seus olhos rolaram para cima. Senhor, ele se sentia péssimo! Então Sally, chateada com os soluços de Virginia, começou a choramingar. Ela escalou Leonard, amassando o jornal, o que, por sua vez, acordou Mitz, que sentou e começou sua entusiasmada tagarelice. Por alguma razão isso fez Virginia chorar mais forte, e então Sally latiu, e Mitz, em um frenesi, se jogou na cabeça de Leonard e mordeu sua orelha, e Leonard perdeu a paciência.

"Sally, *desça*!", gritou, ao mesmo tempo que afastava Mitz. "Se vocês não se *importam*, eu deveria estar *descansando*!" E, com uma careta — porque realmente estava com dor —, rolou para o lado, virando as costas para Virginia.

Virginia limpou o nariz e disse com uma voz tão baixa que poderia estar se dirigindo a um camundongo: "Ah, Leonard. O que faríamos sem você?".

Leonard resmungou. "Não se preocupe", disse ele. "Eu vou viver." Houve um silêncio então. Os animais haviam se acomodado outra vez. Após alguns minutos, Virginia pensou que Leonard havia adormecido. Mas ele falou novamente, na voz suave de alguém prestes a adormecer: "Não se preocupem, senhoras, eu vou viver. Vocês verão. Vou viver mais que todas vocês".

Doze

No final de janeiro, Leonard estava novamente de pé; seus exames começaram a se mostrar normais, e, qualquer que fosse o perigo (e eles nunca saberiam exatamente), já havia passado. Semanas após se alimentar de nada além de pudim de arroz, Leonard atacou suas refeições tão vorazmente quanto Mitz atacava as dela. E, pela primeira vez, Virginia não se incomodou com isso. Ele poderia ter lambido o prato — poderia ter se ajoelhado no chão e lutado com Sally por seu osso — que Virginia teria aplaudido.

Em 3 de fevereiro, Virginia escreveu para Vanessa: "Você sabe que eu faria qualquer coisa que pudesse para ajudá-la, e é tão terrível não poder: exceto adorá-la como eu a adoro". Era véspera do aniversário de Julian. Um fantasma que não podia ser colocado para descansar, uma morte que ela não conseguia encaixar em lugar algum — então o sobrinho continuou a assombrar Virginia. Eles fizeram algo errado?, seguia se perguntando. Foi algo nos ensinamentos do Bloomsbury que o levou a ir e se matar? Certa vez, ela o imaginou voltando da China para casa como um homem adulto com um lugar no mundo; aquele lugar então não passava de um buraco negro. E na Espanha, dia após dia, a causa que havia consumido seu sangue estava sendo perdida.

A primavera chegou, e o coração de Virginia voltou a se remexer: "Por que ele não está aqui para ver os narcisos; a velha mendiga... os cisnes...".

Após uma deliberação interminável, os Woolf concordaram em vender metade da editora — a metade de Virginia — para o ex-assistente John Lehmann, que assumiria como gerente no outono seguinte.

Com *Três guinéus* concluído, Virginia começou a escrever *Roger Fry: uma biografia*. Leonard escrevia algo sobre o qual ele ponderava havia muito: *The Hotel*, uma peça sobre o fim da civilização europeia.

Certa manhã, enquanto trabalhava em seu estúdio no porão da Tavistock Square, Virginia soltou a caneta, ciente de uma leve vibração, como algum nervo profundo sendo arrancado. Inclinou-se para a frente; prendeu a respiração. A sensação misteriosa e arrebatada de que algo estava prestes a ser comunicado a ela, como se vindo de outro mundo. Semicerrou os olhos e esperou. O que veio: uma música abafada, como trombetas distantes; uma suave ascensão e queda, um ritmo ao qual ela combinou sua respiração quando voltou a respirar. Olhando ao redor do estúdio, viu uma espécie de neblina por toda parte — e no instante seguinte sua mente alçou voo: pessoas, casas, ruas, paisagens, clima, estações, amizades, paixões, destinos, padrões, necessidades...

Um novo romance.

Em abril, faleceu Ottoline Morrell. Para Virginia, "uma amabilidade estranha partiu". Em um obituário para *The Times*, ela se lembrou (certamente não sem angústia) de como sua querida e extravagante velha amiga não havia "escapado do ridículo daqueles com quem fazia amizade".

Os amigos do casal estavam morrendo. Estavam envelhecendo. ("L. diz que somos velhos. Digo que somos de meia-idade.") Até mesmo a deusa: Vanessa faria cinquenta e nove em maio. Mitz não foi a única a observar como, à medida que envelheciam, os Woolf passaram a se parecer cada vez mais — os mesmos rostos sérios longos e magros; irmão e irmã, algumas pessoas os confundiam no início —, e então, graças a todos aqueles gatafunhos, Virginia também desenvolveu tremores nas mãos.

A publicação de *Três guinéus* em junho trouxe uma decepção considerável. Nem Leonard, nem Vanessa encontraram muito o que gostar no livro. Maynard o detestou. Vita o considerou repleto de "argumentos enganosos", e ela e Virginia brigaram por causa disso. As resenhas foram os habituais "entusiasmo escarnecido, escárnio entusiasmado". Mas *Três guinéus* era uma obra de não ficção, e Virginia não era tão sensível com sua não ficção quanto era com sua ficção. Além disso, embora os donos de livrarias tivessem previsto que não, *Três guinéus* estava vendendo. Ainda por cima, Virginia estava agora completamente absorvida na escrita de seus dois novos livros: *Roger Fry* e *Pointz Hall*, o livro que com o tempo se tornaria *Entre os atos*, seu último romance. Por fim, a publicação de *Três guinéus* parecia a Virginia seu "parto mais suave" até então.

Para as férias daquele ano, os Woolf escolheram a Escócia. Viajaram nas duas últimas semanas de junho, e dessa vez Mitz e Sally foram junto.

Uma peregrinação aos bonitos lagos azuis e às colinas roxas do país de Walter Scott. Visitaram Melrose e as ruínas da abadia de Dryburgh, onde lilases floresceram ao redor do túmulo do grande homem. Como de costume nas férias, eles comeram bem, especialmente no café da manhã. Ah, o mingau! Ah, o hadoque cremoso e os celestiais biscoitos amanteigados!

Mitz atraiu as multidões habituais, e Sally pegou carrapatos, dos quais Mitz, aquela que melhor os pinçava com os dedos, deixou Leonard cuidar. Os Woolf conheceram um casal que tinha amigos que realmente haviam visto o monstro do lago Ness, e então eles escutaram um relato vívido, ainda que de segunda mão, sobre aquela criatura sem cabeça rasgando a água "como vários postes de telégrafo quebrados". Na Ilha de Skye, hospedaram-se em um hotel famoso (Boswell e Johnson dormiram lá). Virginia relatou fielmente tudo isso em cartas ao retornar para casa — mas terá Vanessa acreditado nela quando escreveu que, em Skye, "as mulheres idosas vivem em cabanas redondas do formato de cães da raça skye terrier"?

Foi "a pior primavera já registrada", de acordo com Virginia. Foi, então, o "pior julho já registrado". Talvez alguma concessão deva ser feita para seu hábito de exagerar, mas certamente a seca naquele ano foi muito ruim, murchando as colheitas e a folhagem e até mesmo secando os tubos dos órgãos da igreja.

A Monk's House naquele verão estava repleta de trabalhadores. Os Woolf estavam construindo um novo cômodo. Seria a biblioteca de Leonard e prometia ser bastante aconchegante, escondida sob o telhado, com uma lareira. Foi ideia de Leonard transformarem uma extremidade do novo cômodo em uma varanda, onde se viam refrescando-se nas noites quentes, fumando e observando as estrelas.

Apesar do caos, os Woolf trabalhavam todos os dias como de costume, mas Mitz estava tão abalada com as marteladas que passou a maior parte do tempo debaixo de um travesseiro. No final de agosto, os Woolf tentaram mais uma vez fazer com que Sally acasalasse, mas sem sucesso. (Foi o amor de Leonard, disse uma Virginia frustrada, que deixou a cadela estéril.)

Os Woolf planejavam ficar em Rodmell até outubro. Mas, em 26 de setembro, foram abruptamente chamados de volta a Londres.

A coisa mais temida estava acontecendo. Mais temida, embora pouco inesperada. Vinha se formando por semanas, aquela escuridão. Não: vinha se formando por muito mais tempo: por meses, anos.

Em março daquele ano, Hitler invadira a Áustria, e Virginia previra: "Quando o tigre... tiver digerido seu jantar, ele se lançará novamente". Estava então agachado na fronteira da Tchecoslováquia. *Gross-Deutschland* [Grande Alemanha], rosnava.

Na estrada de volta a Londres, embora não estivessem indo rápido (chovia), para Leonard parecia que estavam descendo a uma velocidade impressionante, indo direto para um poço. Seus dedos agarravam o volante com tanta força que doíam. Fazia frio no carro. A respiração de Sally embaçava o vidro. Leonard envolveu Mitz em uma echarpe e a pôs em um dos bolsos de seu casaco; parecia-lhe que o frio a estava incomodando cada vez mais naqueles dias.

Olhos fixos na estrada, sobrancelhas tensas e lábios comprimidos, Leonard apresentava um perfil sombrio para Virginia. E, entre todas as outras emoções que a inundaram, naquele momento havia uma onda de pena de Leonard: a crise o mergulhou em um desespero ainda mais sombrio que o dela. Quantas horas da vida dele haviam sido dedicadas a evitar o cataclismo que os ameaçava. As intermináveis reuniões e comitês, os discursos, as petições, os panfletos e os artigos — tudo tinha falhado.

Até então, mesmo com aviões rugindo sobre as colinas e Hitler rugindo no rádio durante o comício de Nuremberg, os Woolf tinham conseguido trabalhar. Mas agora não podiam pensar em nada além de guerra. Nunca haviam se sentido tão indefesos, e o desamparo, eles estavam descobrindo, era exaustivo. A lebre desmaia nas garras do falcão... Virginia ansiava estar perto da irmã, mas os Bell tinham ido passar dois meses em Cassis.

Olhando para a chuva, Virginia pensou na família, nos amigos, nas casas, nos livros. Ela viveria para escrever outro livro? Em tempos tão sombrios, era uma bênção não ter filhos. Vanessa já havia perdido um. Perderia o outro agora?

Mitz, escondida no bolso de Leonard, começou a se afligir, e ele estendeu a mão para confortá-la.

Contamos a você como a sagui nos salvou de Hitler?

Guerra. Eles sobreviveriam? Haveria alguma coisa pela qual valesse a pena sobreviver?

É a pior coisa que poderia acontecer conosco, pensou Virginia; pela primeira vez sem exagerar.

Treze

Em Londres, trincheiras eram cavadas nos parques, sacos de areia empilhados, e lojistas fechavam as janelas. Carros do governo perambulavam nas ruas com megafones alertando a todos para obterem máscaras de gás.

Assim que chegaram à Tavistock Square, Leonard e Mitz correram para o escritório do editor do *New Statesman*, que havia convocado uma reunião sobre a crise. Virginia foi comprar café. A maioria das lojas e escritórios estava aberta, e as pessoas cuidavam seriamente de seus negócios; todos pareciam resignados à guerra.

Caminhando na New Oxford Street, com o coração tão pesado quanto um dos sacos de areia, Virginia pensou: Eu sou velha. Eu tenho o quê?... Dez?... Talvez quinze anos restantes. É pedir demais poder vivê-los em paz?

Na manhã seguinte, o telefone tocou sem parar — sempre para Leonard. Virginia escapou para a London Library, onde fez algumas pesquisas para *Roger Fry*. Depois, na National Gallery, espiou uma multidão ouvindo uma palestra sobre Watteau. Vagando pelo museu, olhando pinturas de Cézanne e Renoir, foi varrida por uma emoção ao mesmo tempo pungente e angustiante; ela poderia estar se despedindo daquilo.

Os Woolf decidiram voltar para Rodmell naquela noite. O primeiro-ministro se dirigiria à Câmara dos Comuns no dia seguinte. Tudo o que se podia fazer era esperar, e certamente era melhor esperar no campo. Qualquer pessoa capaz de deixar Londres estava sendo estimulada pelo governo a fazê-lo. Acreditava-se que, no início da guerra, os alemães começariam bombardeando Londres de maneira constante três vezes por hora. Hospitais improvisados estavam sendo montados a quilômetros de distância. Havia planos para evacuar milhares de crianças, e, no zoológico, os zeladores estavam prontos para matar todos os animais perigosos.

A viagem de volta foi infernal: chuva forte, estradas inundadas, congestionamento — os Woolf levaram uma hora a mais que o normal. Antes de irem para a cama naquela noite, foram visitados por um oficial de defesa civil que lhes deu máscaras de gás. (E Mitz? E Sally?) No dia seguinte, o homem voltou para falar sobre refugiados. Quantas das cinquenta crianças que deveriam chegar a Rodmell os Woolf poderiam receber? Duas, responderam, e foram instruídos a estar preparados para abrigá-las a qualquer momento. Os Woolf fizeram que não com a cabeça. Na idade deles, de repente virarem pais, e de crianças estranhas e assustadas, era uma perspectiva assustadora.

Naquela tarde, juntos perto do rádio, ouviram não a esperada declaração de guerra, mas a notícia de que o primeiro-ministro encontraria Hitler em Munique no dia seguinte.

Pelas vinte e quatro horas seguintes, os Woolf tentaram se comportar normalmente — mas como poderiam, com as máscaras de gás em cima da mesa da sala de estar, com aviões rugindo sobre as colinas e duas crianças talvez chegando a qualquer minuto?

Naquela noite, a mesma oração foi ouvida em toda a Inglaterra. No dia seguinte veio a resposta: acordo alcançado, Hitler apaziguado, Tchecoslováquia um pequeno preço a pagar... Aplausos saudaram o primeiro-ministro em seu retorno, e os sinos da igreja tocaram por todo o império.

Leonard chamou o pacto de desgraça nacional e lhe deu seis meses. Outros pensavam que poderia durar um ano.

Ah, o que se faz em um momento como este: quando se está à mercê das emoções conflitantes, de um lado Vergonha e do outro Alívio? O que se faz quando se sabe que tudo o que se obteve pelo preço da desgraça é mais seis meses ou um ano?

Se você é Leonard ou Virginia Woolf, você se debruça no trabalho. Os dois tinham as próprias trincheiras: enterraram-se nos livros.

Naqueles dias, Virginia estava lendo principalmente memórias (seu gênero favorito), a maior parte em francês: Chateaubriand, Madame de Sévigné, Colette. E então começou a pensar em escrever mais um livro: uma história da literatura inglesa. Leonard, tendo terminado sua peça sobre o fim da civilização europeia, aceitou a encomenda de um editor para escrever um livro sobre o fim da civilização europeia. Mas antes ele devia terminar o volume 2 de *After the Deluge: A Study of Communal Psychology* [Depois do dilúvio: um estudo sobre a Psicologia Comunitária]. (O volume 1 fora publicado em 1931.)

Vanessa ainda estava em Cassis — infelizmente para Virginia, que nunca estava à vontade sem a irmã por perto. Virginia gostava muito daquela parte da França e da vila que os Bell haviam construído entre os vinhedos. Agora era a estação da safra, e ela ansiava por ver com os próprios olhos a beleza que Vanessa descrevia nas cartas. Para provar o vinho, para sentar nas rochas na baía, aproveitar o sol e olhar para o azul do Mediterrâneo até ficar hipnotizada... Mas, novamente, ela não suportava a ideia de estar longe de Leonard. Quando foi chamá-lo para o chá certo dia, ela o viu de pé em uma escada contra uma árvore, "ele estava tão bonito que meu coração paralisou com orgulho do fato de ele ter se casado comigo".

Uma tarde, quando Virginia estava sozinha na Monk's House (Leonard tinha assuntos a tratar em Londres), olhou por cima de seu livro e perguntou: Onde está Mitz?

Fugiu!, gritou ela ao telefone. *Fugiu fugiu fugiu fugiu fugiu.*

Alguém havia cometido um erro novamente, e dessa vez fora Virginia.

Preparara bolos de aveia e os queimara: para eliminar a fumaça, abriu as janelas. Mas isso foi há horas, contou a Vanessa. Mitz provavelmente estava na metade do caminho para Londres. Virginia tinha certeza de que Mitz fora atrás de Leonard. Como Sally — como a própria Virginia —, Mitz tendia a ficar inquieta quando Leonard não estava, e era mais provável que tentasse escapar.

Vanessa, ouvindo como a irmã estava angustiada e tendo rezado com tanta frequência para esse evento acontecer, não pôde deixar de se sentir culpada. Virginia revistou a casa? De cima a baixo, assegurou Virginia a ela — e o jardim, o pomar e o cemitério também.

E após se despedir de Vanessa, que, afinal, pouco podia fazer lá da França para ajudar, Virginia a procurou outra vez.

Lá fora, Sally estava deitada na grama entre as muitas maçãs que uma tempestade recente havia derrubado. Ela viu Virginia correr para cá e para lá chorando: *Mitz! Mitz!* Sally não gostava de Mitz — nunca gostou. (Quando Virginia adivinhou que "ser o único animal" faria Sally mais feliz, ela estava absolutamente certa.) E então, quando — não horas, como Virginia temia, mas trinta minutos antes, no máximo — Mitz passou por Sally e saiu pelo portão, Sally não tentou detê-la. Sally não tentou alertar Virginia. Ela *quis* latir, até abriu a boca para latir, mas de alguma forma o latido se transformou em um bocejo. Nossa, como estava com sono!

Mas agora, acordando com os gritos frenéticos de Virginia, Sally foi atingida. E parecia ouvir outra voz mais profunda, gritando: *Cachorra má! Cachorra má!*. Se isso fosse deixado para Virginia, Mitz nunca seria encontrada. Virginia não tinha pernas para isso. E, mais importante, não tinha nariz para isso. Para Sally não era tarde demais. Ela não era uma cachorra má. Ela se redimiria. Ficou de pé e saiu pelo portão.

"Foi a coisa mais extraordinária", contou Virginia a Vanessa. "Eu estava lá em cima procurando por ela em todos os lugares quando ouvi Sally latindo. Pensei que havia alguém na porta. Desci... e lá estava Mitz sentada em sua gaiola!" Virginia ficou espantada. Mitz estivera lá o tempo todo? Virginia estava ficando louca? Ao inspecionar Mitz, Virginia a encontrou perfeitamente saudável, mas como seu pelo teria ficado tão úmido?

Uma história completamente extraordinária — que Virginia não tinha intenção alguma de compartilhar com Leonard. E então foi a vez dele de ficar perplexo quando, algum tempo depois, ouviu de várias pessoas na vila que Sally havia sido vista correndo por Rodmell com um esquilo na boca. A gentil Sally nunca havia matado criatura alguma. Isso não é estranho?, perguntou a Virginia. E Virginia, olhando para Sally com outros olhos, respondeu: *Muito*.

Eram meados de outubro, e hora de voltar para Bloomsbury. Os Woolf ficaram desconcertados ao ver pilhas de sacos de areia nos mesmos lugares. Apesar das precauções de Leonard, Mitz pegou um resfriado durante a viagem, e eis outra ansiedade. Leonard a agasalhou como a um refugiado, e ela parecia tão deplorável, choramingando e tremendo, que eles só queriam lhe oferecer um bom dedal de chá quente.

Catorze

Pobre Leonard! Ele estava com uma erupção cutânea terrível. Suas costas — era como se ele tivesse chafurdado no canteiro de framboesas. O médico coçou novamente a cabeça: era a próstata ou era o pijama novo?

Pobre Virginia! Ela estava assombrada pelos horrores de janeiro passado — quando Leonard estava tão doente, os médicos confusos e ela assustada, quase em pânico... desnecessariamente, como se viu. E outra coisa a preocupava: um novo livro, de Cyril Connolly, no qual revelava que Virginia Woolf não era mais a escritora importante que fora uma década antes; estava fora de moda entre os jovens; sua reputação não era tão alta quanto a de Morgan nem tão alta quanto a de Tom. Então seus pontos doloridos foram esfregados tão brutamente quanto as costas de Leonard.

Pobre Mitz! Ela não conseguia sentar no ombro de Leonard, por causa da erupção cutânea.

Pobre Sally! O médico sentenciou que *ela* era a culpada:

Leonard devia ser alérgico a seu pelo. Por ordens médicas, ele deveria manter distância dela, e nunca um spaniel se sentiu tão desamparado.

Mas, afinal, o pelo de Sally podia não ser o culpado. Provavelmente fora o pó de mariposa que Mabel havia polvilhado no pijama de Leonard. *Provavelmente tentando me matar*, resmungou Leonard. (Virginia mordeu a língua.)

Novembro trouxe dois grandes eventos: o retorno de Vanessa de Cassis e a publicação pela Hogarth Press de *Julian Bell: ensaios, poemas e cartas.*

Fazia muito frio naquele mês de dezembro. A neve se infiltrou pela claraboia na Tavistock Square. Os Woolf planejavam ir como de costume para a Monk's House no Natal e lá ficar por um mês. O último convidado deles antes de deixar Londres foi Tom. Conversaram principalmente sobre sua nova peça, *A reunião de família* — mas não teria sido um jantar com o Velho Possum sem a queixa habitual sobre a geração mais jovem, que estava se tornando tão decepcionante. Até mesmo Auden. Até mesmo Isherwood. *De-cep-ci-o-nan-te.*

Nevou no dia em que os Woolf partiram para Rodmell. Na Monk's House, os canos congelaram e a eletricidade acabou, então não puderam cozinhar. Teriam passado fome se não fosse pelo presente de Vita: uma imensa torta de Estrasburgo, como a que havia enviado no ano anterior. Os Woolf jantaram fora, refeição após refeição, por dias.

Enquanto isso, o clima severo persistia. A casa estava tão fria que eles podiam ver a respiração. As janelas eram blocos sólidos de gelo — era como viver em um iglu. Os Woolf se agasalharam com casacos e xales e sentaram tão perto da lareira quanto se atreviam. Usavam pares de luvas velhas com as pontas dos dedos cortadas para manter as mãos aquecidas enquanto escreviam e liam.

Leonard temia por Mitz, que ele carregava dentro de um aquecedor para bule de chá. Levava a sagui para a cama com ele à noite, esperando que ela permanecesse ali. Mas

Mitz também era uma criatura de hábitos. Ela se enrolava no travesseiro ou se empoleirava no pé de Leonard enquanto ele estava acordado, mas, assim que ele adormecia, pulava da cama e descia até a gaiola, onde dormira todas as noites nos últimos quatro anos e meio. Reorganizava seus retalhos de pano, como sempre fazia, e, quando os tinha perto de como os queria (nunca ficavam perfeitos, é claro), se lambia, como fazia todas as noites, penteando cada fio de pelo com seus longos incisivos.

Era a quinta noite desde que os Woolf chegaram à Monk's House. A neve caía lá fora. O jardim e o pomar estavam profundamente cobertos, a neve escondia o lago de nenúfares congelado e as estátuas usavam arminho. Era uma noite feita para dormir. A coruja não caçou naquela noite, apenas dormiu, com o bico no peito. A raposa dormiu em seu covil. Coelhos e ratos dormiram em seus buracos. Rodmell toda dormia — a vila e o cemitério estavam afundados no sono, os vivos tão profundamente quanto os mortos. Sob muitos cobertores e camadas de roupas, Leonard e Virginia dormiam em seus quartos separados. Sally, em sua cesta, dormia ao lado do fogo adormecido, e em sua gaiola, enrolada formando uma bola úmida e trêmula, Mitz dormia.

Deixe-os dormir.

E agora, enquanto tudo está quieto e todas as coisas estão afundadas na neve e adormecidas, vamos voltar ao início.

Esqueça essa vila inglesa, presa na crisálida branca da tempestade, e imagine um lugar tão diferente quanto poderia ser. Esqueça o branco e imagine cada tom de verde — amarelado, acastanhado, acinzentado, azulado, enegrecido —, os muitos tons de selva e pântano, folhas de palmeira, samambaias, arbustos, lianas, trepadeiras e musgos. Imagine esse lugar onde a luz é verde e as sombras são verdes, onde bananas selvagens crescem e coqueiros e orquídeas cujas cores brilhantes — escarlate, índigo, malva — são repetidas nas asas das borboletas. Um mundo de calor úmido e chuvas torrenciais, de névoas opalescentes e noites da mais espessa escuridão e quietude quebradas ao amanhecer por gritos de macacos e pássaros. Um mundo sem casas ou ruas, parques ou praças; sem carros, prensas, poltronas, camas, livros, gaiolas de pássaros ou lareiras, potes de tinta ou bules, tortas de Estrasburgo, morangos e creme, perdiz assada, poetas mal-humorados, nevascas, empregadas ou spaniels — mas não sem homens.

De canoa e a cavalo, eles vieram, ou então a pé, atravessando o mato: homens com facões, homens com redes. Diferentes histórias foram passadas de árvore em árvore sobre os macacos que desapareceram com eles. Eles seriam comidos, era uma história. Eles viveriam felizes para sempre, era outra: mimados e queridos, seriam carregados na cabeça e no ombro dos homens, que só os queriam como amigos.

Mitz acreditava na primeira história. Ela lutou com todas as suas forças quando a rede caiu. Empurrada para um alforje, incapaz de ver, mas ciente de que cada passo saltitante a carregava para mais longe de casa, ela gritou para si mesma, rouca. Mordeu e arranhou as mãos que a agarravam (inutilmente, pois estavam cobertas por luvas grossas) e a transferiram para uma pequena caixa de madeira. Um pânico como nunca tinha conhecido a tomou dentro daquela caixa. Inutilmente, arranhou a parte inferior, as laterais, a parte superior. Não havia ar suficiente — mas seus pulmões pareciam cheios.

Quando chegou, mãos ásperas a examinaram rudemente. Ganhou um pouco de água, mas nada para comer.

Quanto tempo havia se passado? Horas? Dias?

Ela foi metida em uma gaiola e, embora fosse uma gaiola muito grande, não era grande o suficiente para acomodar todos os macacos amontoados ali. Não havia espaço para se mover, mas eles se moviam, pulando um em cima do outro, agitando-se e empurrando, em terror e confusão, gritando, como macacos em terror e confusão fazem. Ao olhar para fora, Mitz viu que havia outras gaiolas como aquela, repletas de macacos: viu pequenos saguis como ela;

viu lêmures-de-cauda-anelada, macacos-aranha e macacos-esquilo. E havia gaiolas repletas de papagaios, cujos gritos assustados se sobrepunham até mesmo aos guinchos dos macacos. E havia cobras, cada uma em uma gaiola sozinha: anacondas, silenciosas mas inquietas, enrolando, enrolando. A maior gaiola parecia estar vazia, mas não estava: um par de topázios cintilantes pairava lá, e Mitz podia ver a enorme forma preta da realeza da selva.

Foi assim que começou: viagem de medo: escuridão sem fim, fome e sede. O pandemônio logo se acalmou e foi substituído por uma quietude mortal. De vez em quando, ouvia-se o som de uma pegada pesada e viam-se um par de pernas arqueadas, um par de braços tatuados e um rosto vermelho, brilhante e contorcido.

"Urgh! Que fedor!"

A lamparina que ele segurava enviava sombras mareadas atravessando o porão.

Um olho chorava em seu bíceps, lágrimas negras formavam a palavra *Mãe*. Mãe trouxe comida, Mãe trouxe água — mas, ao som do passo pesado de Mãe, os papagaios bateram as asas, os macacos se encolheram, a onça arqueou as costas e rosnou. Mãe pegou uma faca do cinto e a enfiou pelas barras, rindo. Derrubou uma cinza em chamas sobre uma pata implorante. Ah, pior, muito pior, foi quando ele veio cambaleando com um ou dois companheiros. Rugiram para as gaiolas e quebraram garrafas contra elas. Balançaram um mico pela cauda, rodando-o várias vezes, e depois o jogaram para junto de uma cobra, que se espasmou uma vez e o esmagou como a um dos ratos com que Mãe o alimentava. Desceram as calças e urinaram na onça.

Quanto tempo havia se passado? Logo as gaiolas ficaram espaçosas. Febres se sucediam. Havia o som constante de chiado e tosse. Pelos e penas estavam repletos de vermes. Corpos se empilhavam, ficavam duros e depois macios novamente antes de serem, enfim, removidos. Agora, quando Mãe descia, pressionava no rosto uma bandana encharcada de gim. Carregava uma longa vara... de que outra maneira ele poderia distinguir os vivos dos mortos?

Quanto tempo havia se passado? Quanto tempo restava?

[Em Rodmell, é madrugada. Ainda está nevando. Mitz enfim parou de tremer e está deitada esticada no fundo da gaiola. Ao levantar a cabeça, sonolenta mas com os olhos bem abertos, Sally late suavemente para um fantasma. Leonard sonha que está fazendo um discurso. Ele limpa a garganta. Virginia está escrevendo uma carta para seu pai. Deixa cair a caneta e, curvando-se para recuperá-la, sai com metade do corpo da cama e acorda. Ouve Sally latindo baixinho para o fantasma. "Senhores", ouve Leonard dizer, antes de voltar a dormir.]

"Como é linda!" "Que grotesca!" "Que adorável!" "Ah, que coisinha imunda — olha o que ela fez!" "A diabinha me mordeu!" "Ela parece doente... vamos pegar uma terrível doença." "Oh, ela é doce... como uma senhorinha!"

Quando a febre começou, Mitz estava sozinha. Ela não estava nem enjaulada, nem livre. Estava acorrentada a um poleiro — um poleiro resistente feito do galho grosso de um carvalho e, nos últimos tempos, o poleiro de uma arara-vermelha. O que tinha sido dos outros, os poucos que sobreviveram, Mitz não sabia. Perto do fim havia sido uma longa noite escura e delirante. A última coisa de que se lembrava (se não fosse uma alucinação) era assistir a alguns homens lutando com o peso morto da onça.

Eis então ela sentada, acorrentada a um poleiro em uma vitrine. Alguém a vestiu com gorro e vestido. Além do vidro há uma via movimentada. Mitz pode ver outras vitrines do outro lado da rua, uma repleta de rolos de tecido colorido, outra com guarda-chuvas e outra com chapéus — muitos adornados com uma ou duas penas brilhantes, a única coisa reconhecível para Mitz nesse novo mundo. Carros, camionetes e ônibus passam, e vendedores ambulantes rolam seus carrinhos de mão, gritando. Cães latem, e de vez em quando vem a música de um acordeão ou de um realejo. Uma multidão constante de pessoas passeia, balconistas, empregados e vendedores, quase todos com muita pressa para notar o espetáculo de uma sagui vestida com roupas de boneca vitoriana. Mas então, por fim, uma cabeça se vira, os passos param, um dedo aponta, os nós dos dedos batem no vidro (apesar do cartaz claramente exibido pedindo às pessoas que não façam isso). Depois de olhar um pouco, a pessoa pode seguir em frente, mas muitas vezes ela entrará, agitando aquele pequeno sino cujo tilintar convoca um ou outro ou ambos os proprietários das profundezas da loja. Ele é alto e encurvado, com óculos redondos e um nariz afiado que o faz parecer corujesco. Ela é pequena, encurvada e tem a pele do rosto bexigosa. Eles são os Creach, marido e mulher.

E este é o propósito de Mitz (como já foi o das araras): atrair as pessoas para a loja dos Creach.

E foi por isso que a vestiram com um vestido e um gorro de boneca (por ser tão naturalmente chamativa quanto a arara, ela poderia ter sido poupada disso) e a acorrentaram a um poleiro na vitrine. É a esperança deles de que, uma vez que o cliente tenha satisfeito sua curiosidade em relação a Mitz (sim, ela morde; não, ela não está à venda), ele possa procurar e encontrar outra coisa para comprar naquela loja repleta de mercadorias, grande parte delas reconhecidamente não na melhor forma, mas da mais extraordinária variedade. Ali estão sofás e cadeiras de crina de cavalo, mesas e abajures, espelhos, aparadores, suportes de guarda-chuva, baixelas de prata manchada — incompletas, é claro, assim como jogos de porcelana. Ali estão prateleiras empilhadas com louças, uma parede inteira de copos, garrafas, jarros e potes. Moedas, pentes, anéis, botões, medalhas, relógios e alfinetes preenchem várias embalagens de vidro. Tapetes desbotados estão enrolados nos cantos, e espalhados por aí há vários instrumentos antigos: cadinhos, almofarizes, bússolas, escalas. Um microscópio antigo fica ao lado de uma máquina de escrever antiga. Há cata-ventos e câmeras, flores artificiais, plantas vivas. Há curiosidades do Extremo Oriente — um gongo do templo siamês, pequenos chinelos redondos feitos para pés amarrados — e do Extremo Oeste — uma machadinha, uma escarradeira de bronze, uma bolsa de correio usada pela antiga Pony Express. De quem são os ancestrais cujos retratos estão pendurados tortos nas paredes? Quem era o dono desses rifles enferrujados, e são os rifles que derrubaram as feras cujas cabeças com presas e chifres estão montadas acima deles? Essas são questões sem propósito para os Creach. Para os Creach, a única questão é quem vai comprar.

Ah, como é frio! Quanta umidade! Mitz nunca conheceu nada parecido; como isso afunda dentes gelados nos ossos. Aquele *blém-blém-blém*, que para os Creach significava um cliente e talvez uma venda, para Mitz significava um fardo particularmente desagradável (fora a morte da arara). Sente dor em tudo — nas articulações, nas costas. E como fazer entender que uma dieta de banana, mais banana e nada além de banana era desagradável para ela? (Cuspir e atirar pedaços não dera resultado.) E a corrente! Metade das pessoas que entram na loja *deve* sacudi-la. E as roupas! Mitz não conseguia se mover sem tropeçar na bainha da saia, e o gorro estava amarrado muito apertado sob seu queixo. Puxando o nó repetidas vezes, ela voava em fúria. "Que língua a dela!" Os Creach riem: ela deve ter aprendido a xingar assim com os marinheiros.

(Foi um marinheiro que a trouxe para a loja, embrulhada em uma bandana fedorenta. Que ela não era dele podia ser claramente visto em seu rosto corado. Que ele aceitaria qualquer coisa, qualquer coisa por ela, tão desesperadamente mirrado ele estava — isso também era simples. Por que não?, pensaram os Creach. Coloque-a na vitrine, atraia a atenção das pessoas, assim como a pobre e velha arara, que ela descanse em paz. Não seriam os primeiros bens roubados que eles haviam recebido.)

Por um tempo, parecia que eles haviam sido enganados. Não tinham percebido no início que Mitz estava meio morta.

Mas eles a alimentaram e a hidrataram, e ela ficou mais forte. Ela tagarelava e xingava. Atirava a comida. Ela está em forma agora, disseram. Mas não estava. Em certos dias a dor era demais para ela: sentava-se imóvel em seu poleiro. Os transeuntes se perguntavam: estava empalhada? Batiam várias vezes no vidro (alguns tão insistentemente que os Creach temiam que ele rachasse; por isso o cartaz).

Dia após dia, Mitz sentava na vitrine olhando para a rua: tão movimentada; muitas vezes turva com chuva ou neblina. Sem verde em lugar algum. Como era possível que o mundo tivesse mudado tão completamente? Olhando para fora, não via nada que a lembrasse de casa. Mas então um dia... foi na hora em que as luzes se acendiam... ela ficou surpresa ao ver... poderia realmente ser?... a onça! Não morta, mas andando debaixo do seu nariz. Ah, ela estava bem: seu pelo preto, seus olhos de topázio, mas encolhida para um tamanho tão insignificante... ora, ela era um pouco maior que um macaco-aranha! E ninguém parecia ter medo dela, ninguém prestava a menor atenção nela. Mas espere, havia alguém: uma velha carregando vários pacotes se aproximou dela e se curvou; ao que ela correu para a rua (um ônibus não a acertou, a mulher gritando). Mitz a observou desaparecer no beco ao lado da loja de chapéus. Então: o animal podia não ser o rei dessa floresta, mas pelo menos estava livre. Mitz havia desistido da esperança de que seria livre novamente; que respiraria ar doce, pularia de galho em galho, caçaria borboletas em uma terra de luz verde e sombra verde...

Blém-blém-blém! A sra. Creach estreitou os olhos, medindo o homem que tinha acabado de entrar na loja. Não era o cliente habitual. Havia ouro sólido no colete do senhorio, um diamante na lapela. A sagui? Não, ela não morde; sim, está à venda.

Um presente para a esposa, ela explicou ao sr. Creach, que estivera fumando cachimbo na sala dos fundos e, portanto, perdera a transação. Ao ouvir que o homem pagara quase dez vezes o que eles deram ao marinheiro, seus olhos giraram com admiração, fazendo-o parecer mais do que nunca uma coruja. Ah, você sabe como é, nada é bom demais para a esposa de um homem rico, disse a sra. Creach, sentindo uma pontada desagradável em suas entranhas. Isso logo se acalmou, no entanto, com seu próximo pensamento, e ela riu. Ela mesma pagaria esse tanto, disse ela, só para ver o olhar no rosto de *milady*!

"O que deu em você, Victor?" Foi a maneira de Barbara dizer *obrigada*. Enquanto Victor obedientemente tirava Mitz da sua frente, ela disse: "A propósito, convidei os Lobos para jantar na quinta-feira".

Quinze

Virginia estava acordada quando Leonard entrou em seu quarto. Permanecera deitada por um tempo, observando o céu através da janela. Ouvira Leonard se levantar e descer as escadas, e ouvira Sally pedindo para sair e a porta abrindo e fechando. A neve havia parado, e naquele momento o céu parecia creme, no qual algumas gotas de tinta haviam sido misturadas. Estava tão quieto que ela podia ouvir Sally ofegando enquanto se esforçava pelos montes de neve.

Como sempre, as primeiras palavras de Leonard para Virginia foram: "Dormiu bem?".

Virginia assentiu. "Por algum motivo, acordei pensando em meu pai." (Leslie Stephen morrera havia trinta e cinco anos.)

Enquanto Leonard colocava a bandeja com sua xícara de café fumegante, Virginia olhou para o rosto dele e gritou: "Mangusto!". Estendeu a mão para ele, e ele a pegou e disse: "Venha".

Ele a levou escada abaixo para a sala de jantar e mostrou a ela Mitz deitada na mesa. Estava deitada cercada pela cauda, com a ponta enfiada sob o queixo. Leonard a encontrou naquela manhã em sua gaiola. Ele soube, disse ele, quando, pela primeira vez em quatro anos e meio, ela não veio acordá-lo de madrugada.

"Não podemos enterrá-la agora", disse ele. Esperariam um dia ou mais, até que estivesse mais quente, quando Leonard a enterraria perto da parede do jardim.

Então ouviram Sally pedindo para entrar. Ela entrou na casa, selvagem com a emoção do inverno, espalhando neve por toda parte. Leonard a levou para a cozinha para preparar seu café da manhã, e Virginia foi tomar seu café.

Naquele dia foram convidados para tomar chá com os Keynes em sua casa em Tilton e para jantar com Vanessa e sua família em Charleston. Mas primeiro, como todas as outras manhãs, Leonard e Virginia foram para seus quartos, para trabalhar.

No início da tarde, depois do almoço, calçaram as botas e foram passear. Sombras cor-de-rosa e azuis tingiam as colinas, e patos selvagens circularam acima deles.

Quando voltaram, e antes de partirem para Tilton, Virginia sentou e escreveu uma pequena carta para Vita, agradecendo-lhe pela torta de Estrasburgo. Também tocou em alguns outros assuntos e, no final da carta, contou a Vita como Mitz havia morrido: "seus olhos estavam fechados e seu rosto estava branco como o de uma mulher muito velha. Leonard a tinha levado para dormir em seu quarto, e ela subiu em seu pé pela última vez".

Era dia de Natal, o último ano de paz.

Mitz em Roma

Leonard com Mitz em sua mão esquerda

Agradecimentos

Embora grande parte desta biografia não autorizada de Mitz tenha sido imaginada, por falta de detalhes biográficos, ela é baseada em fatos publicados. As fontes mais importantes para a vida de Mitz e para informações sobre Leonard e Virginia Woolf foram o terceiro e o quarto volumes da autobiografia de Leonard Woolf, *Beginning Again* (Harvest/Harcourt Brace Jovanovich, 1975) e *Downhill All the Way* (Harvest/Harcourt Brace Jovanovich, 1975); *The Diary of Virginia Woolf*, editado por Anne Olivier Bell, auxiliada por Andrew McNeillie, em cinco volumes (Harcourt Brace Jovanovich, 1977-84); e *The Letters of Virginia Woolf*, editado por Nigel Nicolson e Joanne Trautmann, em seis volumes (Harcourt Brace Jovanovich, 1975-80). Outras obras consultadas incluem os dois livros de memórias de Quentin Bell, *Bloomsbury* (Basic Books, 1969) e *Bloomsbury Recalled* (Columbia University Press, 1996), e o seu *Virginia Woolf: A Biography*, em dois volumes (Harcourt Brace Jovanovich, 1972); George Spater e Ian Parsons, *A Marriage of*

True Minds (Harcourt Brace Jovanovich, 1977); e Hermione Lee, *Virginia Woolf* (Alfred A. Knopf, 1997). Todas as citações retiradas das fontes acima aparecem entre aspas. No entanto, *Mitz* também contém diálogos inventados.

Para informações sobre saguis, foram consultadas a *Larousse Encyclopedia of Animal Life* e a *Funk & Wagnalls Wildlife Encyclopedia*.

Sobre a autora

Sigrid Nunez nasceu em 1951, em Nova York, onde mora até hoje. É filha de uma alemã e de um panamenho de origem chinesa.

Graduou-se em 1972 no Barnard College e obteve o mestrado na Universidade Columbia (1975). Lecionou em prestigiosas instituições de ensino, como Amherst College, Universidade Columbia, New School, Universidade de Princeton e Smith College.

Em 1989, recebeu o prêmio da Fundação General Electric Foundation para jovens escritores e, em 1993, o Whiting Writers' Award. Também foi laureada com dois prêmios da American Academy of Arts and Letters: o da Rosenthal Foundation (1999) e o Rome Prize in Literature (2000-2001). Ganhou o Berlin Prize, uma bolsa de estudos concedida pela American Academy em Berlim, em 2005. É membro da American Academy of Arts and Sciences.

Entre jornais e revistas para os quais escreveu, estão *The New York Times*, *The Wall Street Journal*, *The Paris Review*,

The Threepenny Review, *Harper's*, *McSweeney's*, *Tin House* e *The Believer*.

Seu primeiro romance, *A Feather on the Breath of God* [Uma pena no sopro de Deus] (1995), foi considerado "uma estreia notável" pela revista literária e cultural *The Atlantic*. Parcialmente autobiográfico, conta a história da filha de um casal de imigrantes que mora em Nova York.

Naked Sleeper [A adormecida nua] (1996), seu segundo romance, tem como personagem principal Nona, uma mulher de meia-idade que, infeliz no casamento e na vida, procura uma saída para ambos. Sobre ele, o *Chicago Tribune* afirmou: "É difícil escrever sobre personagens que se preocupam com amor e destino sem parecer — ou fazê-los parecer — tolos. Mas Nunez foi bem-sucedida".

O livro seguinte foi *Mitz: The Marmoset of Bloomsbury* (1998), a biografia fictícia da sagui de estimação de Leonard e Virginia Woolf , publicado agora pela Instante como *Mitz: a sagui que não teve medo de Virginia Woolf*. Já *For Rouenna* [Para Rouenna] (2001) é sobre uma enfermeira do Exército dos Estados Unidos que serviu no Vietnã, enquanto o livro que veio em seguida, *The Last of Her Kind* [A última da sua espécie] (2006), retrata a vida de duas mulheres que viveram "a agitação cultural dos anos 1960". O romance tem alta carga dramática e aborda temas como justiça, questões raciais e idealismo político.

Seu sexto romance, *Salvation City* [Cidade da Salvação] (2010), é sobre uma pandemia global de gripe. O protagonista é um adolescente que testemunha a doença assolar os Estados Unidos. O *New York Times* considerou a narrativa "gratificante, provocadora e bastante plausível".

Pela Instante foram publicados, além de *O amigo* (2018) em 2019, seu romance vencedor do National Book Award na categoria Ficção, em 2021 *O que você está enfrentando* (2020) — que inspirou o filme *O quarto ao lado* (2024), de Pedro Almodóvar —; em 2023 o livro de memórias *Sempre Susan: um olhar sobre Susan Sontag* (2011); e em 2024 *Os vulneráveis* (2023). Suas obras já foram traduzidas para mais de vinte e cinco idiomas.

Sobre a concepção de capa

Mitz nos causa um misto de estranheza e ternura, sentimentos que marcam também sua presença na casa dos Woolf. Elementos gráficos evocam a rica ambientação da narrativa: uma fachada de prédio que remete ao bairro de Bloomsbury, o carro conversível em que Leonard e Virginia gostavam de viajar pelas estradas da Inglaterra e, em especial, a lareira da casa em Sussex — a Monk's House —, onde a animalzinha era vista catando pulgas do pelo da cadela Pinka ou aninhada em seu corpo para se aquecer.

Leonard aparece sóbrio. Sua silhueta frágil, mas cheia de presença, carrega no olhar a simbiose silenciosa e afetuosa construída entre ele e a minúscula sagui.

O fato de Virginia estar afastada de Mitz reflete a delicada relação entre as duas, cuja convivência era feita de distância segura e, por outro lado, de reconhecimento. A escritora parece entender que ela era muito mais que um "bicho de estimação", era uma pequena presença carregada de significado.